小学館文庫

無事に返してほしければ

白河三兎

小学館

目次

第一章　熊と雛

「啓太《けいた》が生きてるの！」

令子《れいこ》の鬼気迫る声が鼓膜に響く。私はスマホを少しだけ耳から離して「大丈夫か？　落ち着け」と宥《なだ》めた。

「生きてるの！」

「何があったんだ？　悪い夢でも見たのか？」

「拓真《たくま》、本当なの！」

「ちゃんと薬は飲んだのか？」

心の病を抱えている妻は医師から精神安定剤を処方されている。

「電話があったの。公衆電話から。うちの家の電話に」

「わかった。すぐに仕事を切り上げる。詳しいことは帰ってからじっくり聞くよ」

「うん」

「じゃ、あとで」

厨房《ちゅうぼう》に戻り、スーシェフに「すまん。また妻の具合が悪くなったから、帰らせてもらう。二月のメニュー構成は稲垣《いながき》が決めてくれ」と伝える。私が早引けや中抜けすることはもう日常茶飯事になっているので、彼はすんなり応じた。他のスタッフにも動揺や不満は見られない。

厨房の中心的存在は稲垣だ。料理の腕もさることながら、統率力も指導力も高い。どのスタッフも料理長の私より彼を慕っていることだろう。

私も稲垣に厚い信頼を寄せ、手が回らない時は彼に全権を委ねている。稲垣に好きなようにやらせて失敗したことはなかった。作業台に並べられた試作料理はまだ三皿しか口をつけていないが、稲垣の舌に任せておけば問題ない。

来月の新メニューを決める会議を途中で放り出すなんてオーナーシェフとしてあるまじき行為だ。けれど、私の中で優先順位ははっきり定まっている。料理人である前に人間だ。人としての、夫としての務めを果たさなければならない。

最愛の息子を失ったショックで令子は精神を病み、この二年半ずっと不安定な状態が続いている。ヒステリックに『私の啓太！』『まだ六歳だったのに！』『きっと悪夢よ！』などと喚《わめ》き散らしたり、何日も塞ぎ込んだり。

私の仕事中にわけのわからない電話をかけてくることもしばしばある。ひどい時には『何もかも拓真のせいよ！』と責め立てられたが、妻の言う通り、元凶は私なのだ。

二人乗りのカヤックで川下りをしている時に、周囲に注意を払っていれば悲劇は起きなかった。気付くのが遅かったせいで、斜め後ろから突っ込んできた無人のカヤックを避けられなかった。

衝突した弾みでカヤックは大きく傾き、私と啓太は投げ出された。水面から顔を出すと、目の前に息子が浮かび上がってきた。流れの速いポイントだ。離れ離れになったら危ない。早く啓太を摑《つか》まえないと。

手を伸ばそうとした瞬間、後頭部に強い衝撃を受けた。そこで記憶がぷっつり途切れた。意識を取り戻した時には、救急車に乗せられていた。カヤックの先端が頭にぶつかり、そのショックで気を失ってしまったのだ。

私は幸運に命を救われた。うつ伏せの姿勢のまま流されていたら、あるいは岩や流木に接触した拍子にライフジャケットに穴が開いていたら、行き先はあの世になっていた。

しかしその奇跡に感謝したことは一度もない。私が死ぬべきだった。私の代わりに啓太を生かしてほしかった。警察と消防が約百五十人態勢で河口や川底を捜したが、息子は見つからなかった。捜索は一週間で打ち切られ、啓太は死亡したものと見なされた。

川の恐ろしさをしっかり認識しているつもりだった。ライフジャケットの浮力があっても、川には浮かない場所や浮遊物を川底へ沈める流れがある。ライフジャケットは最低限の安全対策でしかないことはわかっていたのに。

どこか他人事《ひとごと》のように思っていたのだ。若い頃から慣れ親しんでいた川だからか、『私たちの身に起こるわけがない』という根拠のない自信があった。時折、水難事故のニュースを見聞きするけれど、まさか自分たちが当事者になるなんて……。


急いで車を走らせて帰宅すると、娘の亜乃《あの》がガレージにやって来て「パパ、お帰り」と出迎えてくれた。

「ただいま。ママは？」

「リビング。ずっと何かぶつぶつ言ってる」と伝えた娘は浮かない顔を見せる。

亜乃の首筋にチェーンが見えた。先月の十二歳の誕生日にプレゼントしたターコイズのペンダントだ。その石には邪悪なものから持ち主を守り、勇気を与える力があると言われている。

私は腰を屈《かが》めて目を合わせ、「ママのことはパパに任せろ。亜乃は自分の部屋にいなさい」と穏やかに言った。

「はい」と返事し、亜乃が階段を上って三階の自室へ向かう。

私もあとに続いて二階へ上がり、リビングダイニングに通じるドアを開けた。窓辺に佇《たたず》んでいた令子に「ただいま」と声をかける。すると、慌ただしく駆け寄ってきた。

「拓真、聞いて」と言ってスマホを操作する。

〈……っている。啓太くんを無事に返してほしければ、八千五百万円を用意しろ。また連絡する〉

加工された声だった。機械的で性別や年齢の判別はつかない。

「最初にうちの名字を確認して、それから『お宅の息子を預かっている』って言い出したの」

「よく咄嗟《とっさ》に録音できたね」と私は感心する。

うちの固定電話には録音機能がない。令子は機転を利かせてスマホのボイスメモで証拠を残したのだ。自分だったら狼狽《ろうばい》してそんなことを考えつかないだろう。

「ほとんど無意識よ。気がついたら、録音してたの。そんなことより、啓太が生きてたのよ。反応が薄くない？　嬉《うれ》しくないの？」と非難がましく言う。

「本当なら嬉しいよ」

「本当なら？」

「悪戯《いたずら》電話の可能性もある。子供を誘拐して二年半後に身代金を要求するなんて不自然だと思わないか？」

「全然。子供のできない夫婦が溺れている啓太を助けたあと、出来心で攫《さら》ったけど子育てに飽きちゃったとか、急にお金に困ったとか、いくらでも考えられる」

哀れなこじつけに胸が締めつけられる。我が子の死を受け入れられない令子はいつまで経《た》っても『きっと啓太はどこかで生きてる』と信じている。現実を直視できないから、自分に都合のいい考えばかりが先行してしまうのだ。

「そうだね。そういう可能性もあるね」と私は表面上では妻の意見を受容する。

「すぐに警察に通報しようと思ったんだけど、犯人に知られた時のことを考えたら怖くなって。通報しない方がいいんだよね？」

「ああ。今は待とう。犯人は『また連絡する』と言ったんだし」

「でも身代金は用意しなくちゃ」

「なんとかするよ」と話を合わせた。

令子には申し訳ないが、工面する気はない。単なる悪戯だ。本当に誘拐犯からかかってきたのだとしたら、『どうやって自宅の電話番号を知ったんだ？』という疑問が生じる。当時六歳だった啓太は番号を暗記していなかった。

この悪戯は、知人の仕業に違いない。令子は事件や事故で心に傷を負った人たちが集う会に参加している。その被害者の会に関係のある人が犯人かもしれない。あるいは、令子の友達か隣人か。うちの電話番号と啓太の不幸を知っている人は限られる。

なんであれ、どんな根拠を妻に突きつけても徒労に終わるだろう。否定的な意見は彼女の耳には届かない。

「足りない時は、家も車も、売れるものはなんでも売っていいのよ」と令子は鼻息を荒くして言う。

「ああ」

妻は家計にノータッチ。いくら貯金があるのか、私が毎月どのくらい稼いでいるのか漠然としか把握していない。だから我が家にとって八千五百万がどうしようもない大金であることがわかっていない。全財産を掻《か》き集めても用意できる金額じゃない。

貯金は一千万ほど。三階建ての一軒家や二台のマイカーや店の権利を売り払っても、精々半分にしかならないだろう。四千万円も貸してくれる親戚や知人の当てはない。

「店の建物も土地も売るのよ」と令子はきつめの口調で釘《くぎ》を刺す。

「わかってるよ」

「本当にわかってる？」

「ああ。大丈夫だよ」

妻がしつこく訊《たず》ねるのは、私の前科のせいだ。結婚してからの四年間は家庭を顧みずに仕事に打ち込んでいた。猛省して家庭人になったけれど、その時期のしこりが未《いま》だに根深く残っているのだ。

令子との結婚が決まった直後、埼玉で定食屋を営んでいた父が体調を崩した。大病ではなかったものの店を畳んで養生することになった。その頃の私は都内のイタリアンレストランの雇われ料理人だった。三年後に独立する青写真を描いていたのだが、勝負に出ることにした。

当時、父の定食屋の周辺はマンションの建設ラッシュが続いており、翌年には二棟のタワーマンションも完成することになっていた。父は「客足に変化はない」と言っていたけれど、それは客層にあった店じゃないからだ。

新婚層やファミリー層は『馴染《なじ》みの客以外はお断り』的な雰囲気を醸し出している小汚い定食屋には足が向かない。開放的で洒落《しゃれ》た店なら勝算がある。そう踏んだ私は父の店の権利を引き継ぎ、イタリアンレストランをオープンさせた。

寝る間を惜しんでがむしゃらに働いた。令子を安心させるため、父に認められるため。店が軌道に乗ってからは、客に飽きられないため、売り上げを伸ばすため、改装資金を貯《た》めるため、二号店も繁盛させるため。文字通り馬車馬みたいにひた走った。

飲食業界は浮き沈みが激しい。油断していると、あっという間に淘汰《とうた》される。立ち止まっている暇などなかった。ライバル店は次々に生まれ、客にそっぽを向かれた店からどんどん死んでいく。

また、人の流れは数年で変化する。人通りが少なくなったらジリ貧に陥る。変わり目を予測し、移転の候補地の目星をつけておかなければならない。

支店を出したのはリスク分散のためだ。本店の売り上げがガタ落ちした時は支店でカバーできるし、閑古鳥が鳴いた時には閉店することも可能だ。理想は三店舗での支え合い。三本の矢は折れない。

三号店の開店に向けて動き始めた矢先に、私は過労で倒れた。気付いたら病院のベッドの上。枕元で二歳になったばかりの亜乃が「パパ、げんき」を繰り返していた。娘は面会時間を過ぎても私のそばから離れようとしなかった。無理やり令子に抱えられて引き離されると、泣きじゃくる。私も涙した。ろくに抱っこもしたことがない父親なのに、亜乃は『元気になって』と願い続けてくれた。今まで自分は何をしていたんだ？

亜乃にとっての父親は私しかいない。同様に私にとっての娘は亜乃だけだ。そんな当たり前のことに気付かないなんて、どうかしていた。いつの間にか『家族のために』という気持ちが『店を守るために』になっていた。

本末転倒だった。一番に大事なのは家族だ。店じゃない。店は潰れてもやり直しがきくけれど、家族は一回きり。失敗したら取り返しのつかないことになる。亜乃のおかげで目が覚めた。

退院後、私は三号店の計画を白紙に戻し、働き方を変えた。スタッフに役割と責任を割り当てて仕事量をセーブした。特に、稲垣には多くの権限を与えた。彼に「倒れたことで家族の大切さを思い知った。これからは家庭を優先したいから助けてほしい」と正直に伝え、快諾を受けた。

残業を控え、週に二日休むようになった私は、育児と家事を積極的に務めた。可能な限り土日に休みを入れ、週末は家族サービスに励んだ。子供との時間は掛け替えのないものだ。一瞬一瞬が宝物になっていく。

啓太が生まれ、活発な子に成長すると、専ら川に出かけた。釣り、遊泳、キャンプ、カヤック。若い頃の趣味だった川遊びを子供たちに体験させてみたら、二人とも気に入ったようだ。度々「川に連れてって」とせがまれた。まさか、それが仇《あだ》になるとは……。

不運な事故だった。上流で転覆して無人となったカヤックが流れてきて、私と啓太の乗ったカヤックに直撃した。事故の起因となったカヤックの持ち主は罪の重さに耐えきれずに自らの命を絶ってしまった。

それでも令子は許さなかったが、その人が亡くなったことで私たち夫婦は恨みの矛先をどこに向けていいのかわからなくなった。

三週間が経っても誘拐犯からの電話はなかった。やはり悪戯だったようだ。近頃、子供が亡くなったり、行方不明になったりした家に「お宅の子供を預かっている」など電話する悪戯が多発している。いずれもボイスチェンジャーで声を変え、公衆電話から。憤慨する親の映像もニュースで流れていた。

だが、令子は「うちだけは本当の誘拐事件よ」と頑《かたく》なに信じている。何を言っても無駄だった。ただ、そう思い込んでいる被害者は私の妻だけではないだろう。子供が行方不明になった親はもちろんのこと、子供の死に顔を見た親ですら『何かの間違いでどこかで生きているんじゃ？』という考えが頭の隅にはある。親とはそういう生き物なのだ。

愉快犯のせいで令子はすっかり落ち着きを失った。朝から晩までピリピリしているかと思ったら、急に気分が高揚することもある。何をするかわからない危うさを孕《はら》んでいるので心配だ。私は仕事の合間に電話をかけ、休憩時間には家に戻って妻のケアに努めた。

その甲斐《かい》あって、今のところ令子は大きなトラブルを起こしていない。だけど亜乃に「もうすぐ啓太が帰ってくるの」と話してしまい、娘の様子もおかしくなった。私がいくら「悪戯の可能性が高い」と諭しても、亜乃は上の空で聞き流す。

亜乃は弟がいつ戻ってきてもいいように、啓太の部屋を掃除し、弟が好きだった駄菓子やサッカーゲームの最新作を買ってきた。啓太が毎週観《み》ていたアニメの動画をYouTubeからダウンロードし、一話から最終話まで纏《まと》めた。うきうきしながら今か今かと待ち焦がれていた。

逸《はや》る気持ちを抑えられなくなると、娘は自分の体よりも大きな熊のぬいぐるみをネット通販で買い、『啓太』と名付けた。食事の時は弟が座っていた席に座らせ、週末に車で出かける時には、後部座席に載せる。

亜乃はぬいぐるみへの独占欲が強く、私や令子には決して触らせない。運ぶのを手伝おうとしたら、「駄目！　啓太は私の！」と目を剝《む》いて怒り、四キロほどあるぬいぐるみを抱えて自室に駆け込んだ。

懐かしい。啓太が赤ちゃんだった頃にも娘は似たようなことをした。弟を抱きかかえ、自分のものだと主張した。微笑《ほほえ》ましい思い出が現在と重なり、涙腺を緩ませる。

亜乃は三つ下の啓太をひどく可愛《かわい》がっていた。あれこれと世話を焼き、どこに行くのも一緒。だから弟の喪失は亜乃に大きなショックを与えた。心に深刻なダメージを受け、未だに傷口がぱっくり開いている。

元々、感情を表に出すことの少ない子だったが、無表情の中にも憂いの色がはっきりと見てとれた。笑っても上辺だけのことが多い。親を気遣った空元気の笑顔。パパやママが見ていない、と油断した時には陰鬱な目をしていた。

悪戯電話によって亜乃の顔付きは柔らかくなったけれど、一時的なものだろう。喜んだ分だけ深く傷付くに違いない。そのことを思うと不憫《ふびん》でならない。でも久し振りに目にする満面の笑顔に温かいものが胸に込み上げてくる。明るさを取り戻した娘の姿に目を細めずにはいられなかった。

土曜の午前、亜乃と二人で近所のイオンに出かけた。目的は食料品と日用品の買い出しだ。令子は「犯人から電話がかかってくるかもしれないから」と家に残った。あの電話以来、妻は外出を極力控えている。

買い物リストがチェックマークで埋まると、娘に「服が欲しい」とねだられた。衣料品フロアへ行き、格子柄のワンピースを買ってあげた。

気を良くした亜乃は「明日、お洒落して出かけようよ。ドライブして映画を観るの」と声を弾ませる。

「喜んで」と返したものの令子のことが気掛かりだった。「でもママは留守番かな」

「一応、誘ってみる。駄目だったら二人でデートってことね。パパもお洒落してよ」

正直なところ、気乗りしない。明日は家で令子のケアに専念したい。でも父親としての務めも果たさなければならない。

「ああ。帰ったらクローゼットから一張羅を探すよ」

「そうだ。あの黒のブーツ、履いてよ」

「編み上げの？」

「そう。あれ、すごくカッコいいから」

ドクターマーチンの10ホールブーツは私も気に入っている。だが、脱ぎ履きが面倒に感じてからは足を入れる機会が減った。今は専らスニーカーを愛用している。軽くて歩きやすいのもメリットだ。安価であることも。

「わかった。帰ったら先《ま》ずあのブーツをピカピカに磨くよ」

「あと、南極大陸みたいな刺繍《ししゅう》が入ったコートもカッコいいから、着てほしい」

カナダグースのダウンジャケットのことだ。

「了解。他に要望はある？」

「えーと、ジーンズはやめて」と亜乃は普段の私のコーディネートを否定していく。

「山シャツも。なんかオジサンくさいし、ワンピと柄が被《かぶ》っちゃうから」

「隣を歩きたくない格好にならないよう頑張るよ」

「よろしくね」

娘の小生意気な態度に頬が緩む。この先もずっと子供らしい顔のままでいてほしい。

そのあと、私たちはベーカリーショップで昼食用のパンを選び、車中で『となりのトトロ』の主題歌を一緒にハミングしながら家に戻った。啓太が好きな曲だった。

家族三人でランチを摂《と》っている最中に、亜乃が「明日、パパと映画観に行っていい？」と令子に訊ねた。

「行ってらっしゃい」と妻が気がなさそうに返した。

「ママもどう？」

「家にいる」

「そっか」

「令子は何か食べたいものある？　ケーキとかアイスとか」と私は土産について質問する。

「特にない」

「じゃ、私の好きなのにしていい？」と亜乃は現金な声を響かせる。

「ご自由に」

ふと、啓太の席が空いていることに気付いた。熊のぬいぐるみを座らせていない。イオンに行く時に車に載せたのだが、降ろし忘れたようだ。ワンピースを買ってもらったのがよほど嬉しかったのだろう。

「亜乃、ぬいぐるみを車に載せたままじゃないか？」と私はやんわりと指摘する。

「あっ、いっけない。食べ終わったら降ろすね」

娘がばつの悪そうに言ったのとほぼ一緒のタイミングで、固定電話が鳴った。妻が大慌てで席を立ち、電話機のディスプレイを確認する。

「公衆電話から！」

緊張がテーブルを駆け抜ける。私は切迫感を抑えずに亜乃に「部屋に行ってなさい」と指示した。

「う、うん」

素直に応じた娘は席を外し、急ぎ足でリビングダイニングから出て行く。その間に、令子はスマホのボイスメモをオンにし、固定電話の受話器を取ると同時にハンズフリーモードの操作を行った。

「はい、日野《ひの》です」

「八千五百万は用意できたか？」

ボイスチェンジャーで変えた声だ。妻が私に視線を送る。私は頭を左右に振り、右手の親指と人差し指で『ちょっと』というジェスチャーをした。

「あの、少しだけ足りないんです」と令子は私の意図を酌《く》み取り、それらしい理由を取り繕う。「今、家の売却の手続きをしている最中で、あと数日だけ待ってください。お願いします」

相手は迷っているのか、数秒沈黙した。

「明日までに死にもの狂いで掻き集めろ。いいな？」

「わかりました」と妻は応じた。「あの、啓太の声を聞かせてくれませんか？」

正当な要求だ。令子は純粋に息子の声を聞きたがったのだと思うが、悪戯なのかどうかを判断する決め手になる。

また間が空いた。

「いいだろ。少し待ってろ」

しばらくすると、電話機から「レイちゃん？」というか弱い声が発せられた。たどたどしい言い方だったけれど、啓太の声によく似ている。本当に生きてる？　そんなことが……。

「啓太？　啓太なの？」と令子はせっかちに確認する。

「レイちゃん、助けて」

「大丈夫よ。ママが絶対に助ける」

「怖いよ。早く助けて」

「啓太、もう少しだけ我慢して。必ず……」

「もういいだろ」とボイスチェンジャーの声が割って入ってきた。

「啓太を返してください」

「素直に言うことを聞けば、子供を生きたまま返してやる。また連絡する」

通話が切れた途端に、令子が「啓太が生きてた！　やっぱり生きてた！」と騒ぎ立てた。半狂乱になるのも仕方がない。啓太の声にかなり近かったし、母親を『レイちゃん』と呼んだのも本人を裏付ける証拠だ。私たちの息子は親を『ちゃん』付けで呼んでいた。

しかし私は半信半疑だった。愉快犯による悪戯電話の線はだいぶ薄れたが、誘拐に見せかけた詐欺の可能性も考えられる。啓太の声の特徴や親の呼び方を知っている人は少なくない。犯人は啓太と声質が近い子供に用意したセリフを言わせたのかもしれない。

啓太の声のデータを持っていれば、練習を重ねて酷似させることは可能だ。幼稚園や小学校の行事、近所・親戚付き合い、習い事などで動画を撮られたことはある。

「拓真、どうしてお金を用意してないの？」と興奮が収まった令子が鋭い調子で訊《き》いてきた。「一ヶ月も猶予があったのに、何やってたのよ。『なんとかする』って言ったでしょ」

「すまない。最初は工面しようと思ったんだけど、誘拐を装った悪戯電話が流行《はや》っているっていうニュースを観たら疑わしい気がしてきて、その……。犯人からの連絡も滞っていたし……」

気まずくて口が重くなる。

「拓真って本当に薄情。親なら疑う前に信じる。疑う気持ちがあっても、先ずは生きていることを信じて最善を尽くすものでしょ。啓太のこと、本気で愛してないんじゃない？」

「そんなことない」と私は言葉を絞り出した。「そもそも八千五百万なんて全財産を擲《なげう》っても半分くらいしか用意できないんだ」

「今更なんなの？　なんで私に相談しないの？　『なんとかする』って見栄だったの？拓真っていっつもそう。自分で勝手に決めるくせに、口だけ。『やるやる』言って、やったためしがない。見栄っ張りの嘘《うそ》つき」

「いっつもってことはないだろ。仕事をセーブしてからは、約束事はきちっと守ってる。見栄っ張りは令子の方だ。なんだかんだ言ってても、親戚の集まりの時には『食べログで一位になった』とか、『ハワイ旅行をプレゼントされても、日本で仕事してる旦那《だんな》の姿がちらついて全然楽しめない』とか自慢していたじゃないか」

「自慢じゃない。ただの近況報告よ」

「令子はそう思ってても、相手には自慢としか聞こえない」

きっと近所でも同じようなことを言っていただろう。ママ友から反感や妬みを買っていても不思議じゃない。

「もういい。終わったことを話してる場合じゃない」と妻は一方的に過去の話題を打ち切った。「今が大事なの。これからどうするの？　啓太の未来を守ることを真剣に考えて」

　釈然としないものを感じながらも私は「とりあえず、売れるものは全て売るよ」と意見を出した。半信半疑でも啓太が生きている可能性が出てきたのだから、全力で事に当たらないわけにはいかない。

「足りない分はどうするの？」

「犯人と交渉して負けてもらうしかない」

「駄目。決裂したら啓太の命が危ない」

「二年半も啓太を匿《かくま》っていたんだから、多少の情は移っているはずだ。犯人が手に掛けることはないと思う」

「そんなの絶対じゃない。楽観的なことを言わないで」

　令子こそいっつもだ。『どうするの？』『なんで？』と訊いてばかりで、自分では考えない。そのくせ、私の意見や提案に対して必ずいちゃもんをつける。だから相談したくないのだ。

「じゃ、どうするんだ？」と私は試しに投げかけた。

　妻は眉間に悩ましげな線を作ってしばらく黙り込んだ。二分ほど待ってみたけれど、口を開かない。やはり名案は浮かばないようだ。

「駄目モトでうちの親に相談してみるよ」と私は苦肉の策を講じる。「ひょっとしたらこっそり貯えているかもしれない。できるだけ八千五百万に近付ければ、値切りやすくな……」

「いっそのこと通報しよう」

「それこそ危険だ。犯人に知られたら何をしでかすかわからない」

「犯人は『警察に言うな』って口止めしなかった」

「言わなくても、常識だろ」と私は語気を強めて説得する。「次、犯人からの電話がかかってきたら、私が出る。減額の交渉をしてみる」

「犯人は応じない。八千五百万っていう切りの悪い金額を要求したのは、どうしてもその額が必要だからよ」

「そうかもしれないし、そうじゃない可能性もある。交渉しないことにはわからない」

「やめて。大体、要求通りにしても、啓太を返してくれる保証はない。さっき、『情が移っているから殺さない』みたいなことを言ったけど、逆じゃない？　二年半も啓太を監禁していたんだから、犯人は顔を見られているに決まってる。口封じに殺す危険性の方が高い」

珍しく令子の言い分が正しかった。全額払っても啓太を解放するとは限らない。できることなら内々で済ませたかったけれど、警察に頼る以外に選択肢はない。

令子に促された私は固定電話の受話器を手に取り、『1』『1』『0』と押す。繋《つな》がった瞬間、後ろ暗い気持ちが胸の奥から染み出てきた。

警察との長電話に神経を磨《す》り減らしたが、休んでいる暇はない。すぐに出かける用意をし、ガレージに向かった。運転席のドアを開けたところで、背後から「パパ、どこに行くの？」と声がかかる。私は振り向き、亜乃としっかり目を合わせた。

「大切な用事ができたんだ」

「啓太のこと？」

「そう」と認めた。

隠してもしょうがない。これから刑事が泊まり込みで捜査に当たる。どんな嘘を並べても誤魔化しようがない。

「私も行きたい」

「駄目だ。家で待ってなさい」

「じゃ、これ持ってって。お守り。学校で流行ってるの。急いで作ったから、あんまり綺麗《きれい》じゃないけど」

娘がポケットから取り出したのはミサンガだった。緑と白と赤の糸で編まれている。イタリアカラーだ。子供ながらに我が家が危機的な状況に直面していることを察したのだ。

「ありがとう」と私は言って片膝をつき、右手を前に差し出す。

その手に亜乃はトリコローレのミサンガをつけた。私はそっと娘を抱き締め、耳元で「ありがとう」ともう一度感謝する。

「パパ、気をつけてね」

娘から体を離し、にっこり笑った。

「平気さ。このミサンガがあれば怖いものなんてない」

「ママの分も作る」

「きっとママも喜ぶよ」と言って腰を上げた。「そうだ。ぬいぐるみを降ろさないとな」

「あの子も連れてって。きっとパパを守ってくれる。ああ見えて、すっごく強い子なんだから」

「わかった」

私はトヨタのランドクルーザーに乗り込んだ。目的地は午前中に出かけたイオン。バックミラーをちらちら見て尾行されていないか用心したけれど、同じ車がずっと後ろに張りついていることはなかった。

地下の駐車場に停《と》めると、後部座席の窓を開けたままにして一階のトイレへ向かう。個室に入り、リュックからユニクロのレジ袋を出した。中には『啓太　桃太郎に挑む』とラベリングされたブルーレイディスクが入っている。令子が編集した学芸会の映像だ。

警察はオリジナルのデータを望んだが、タイミングの悪いことに一週間ほど前にそのデータが入っていたパソコンがうんともすんとも言わなくなってしまった。ウイルスにでもやられたのか、寿命が来たのか。

ただ、編集されたものでも声紋鑑定を行うのにさほど支障はないそうだ。令子がスマホのボイスメモを使って録音したデータはすでにメールで警察に送っている。あとは、このディスクを指定されたトイレの個室に放置すれば、捜査員が取りに来て声紋が一致するかどうか調べられる。

私はユニクロの袋を便器の裏側に置き、トイレを出る。それから食料品売り場でお米とミネラルウォーターと冷凍食品とカップ麺を大量に買い込んだ。長期戦への備えだ。

買ったものをラゲージルームに載せ、イオンをあとにした。帰りも尾行に警戒する。自宅の付近にも注意を払った。家の出入りをチェックしている奴《やつ》はいないか？　そういった目で見ると、路駐している車はどれも不審車に、通行人はみんな不審人物に思えてくる。

ガレージに車を停め、リモコンを操作してシャッターを下ろす。完全に閉じて外界から遮断されると、私は車を降りた。そして後部座席のドアを開け、「もう大丈夫ですよ」と伝える。二列目のシートの足元から中年の男性が、三列目からは若い女性が身を起こした。

男は車外に出るなり「お手数をおかけしてすみません」と言いながら警察手帳を提示し、自己紹介した。女も続く。

警察は私たちの家に捜査員を派遣したがったが、犯人が自宅を見張っている可能性がある。大っぴらには訪問できない。警察も『通報は犯人を刺激することになる』と考えていた。

うちのガレージがビルトインであることを知った警察は、イオンの駐車場で同乗する作戦を立てた。私が買い物をしている間に、二人の刑事が周囲の様子を窺《うかが》いつつこっそり私の車に乗ったのだった。

形式的な挨拶を終えると、男の刑事が「車の中のぬいぐるみは娘さんのですか？」と気にかける。

「はい。お守り代わりに載せていって、と言われて」

「そうですか」と頷《うなず》いたあと、彼の口元が僅かに綻んだ。

「何かおかしいですか？」

「すみません」と彼は大きな体をくの字にして頭を下げた。「私、熊本生まれ熊谷《くまがや》育ちなんですが、どういうわけか『熊』と縁が深いんです。初めて補導した少女の名字が熊原《くまはら》だったり、木彫りの熊による撲殺事件の担当になったり、登山で熊に何回も出くわしたり。見た目もどんどん熊っぽくなっていくし」

「はあ」

それで男の刑事は『相変わらず熊と縁があるな』とおかしくなったのだろうが、不謹慎であることに変わりはない。

「まあ、不摂生のせいなんですがね」と彼は弛《たる》んだお腹《なか》を擦《さす》りながら釈明を続ける。

「そんなわけで、私は周囲から『クマさん』と呼ばれ、よく茶化されるんです。ですが、私自身は偶然の連続に辟易《へきえき》しています。だから先程はふざけて笑ったのではなく、悪縁にうんざりしてつい苦笑してしまったのです。不愉快な思いをさせて申し訳ありません」

「いや、いいんです」と私が言っている途中で、クマさんの目が横に動いた。

その視線を追って体を捻《ひね》る。亜乃がいた。

「お帰りなさい」と弱々しい声で挨拶する。

「ただいま。こちらは啓太を捜してくれる刑事さんたちだ」

「こんにちは」とクマさんはにこやかに言い、細身の女刑事が会釈する。

ところが、娘は私の後ろに隠れた。人見知りをする子ではないのだけれど、熊のような風貌が怖いのかもしれない。いきなり髭《ひげ》もじゃの大男が家に押しかけてきたら、びっくりして当たり前だ。

「亜乃、挨拶は？」

「こんにちは」

どうにか頑張って言ったものの私の尻にくっついたままだ。

「警察が子供を怖がらせてどうするんですか？　短髪にして髭を剃《そ》った方がいいんじゃないですか？」と女刑事は冷淡に言う。

「ごめんな、お嬢ちゃん。こんな見た目でも正義の味方なんだよ」

亜乃は私の背後から顔を半分だけ出したが、すぐに引っ込めた。

「すみません」と私はクマさんに謝ってから、娘に命じる。「これからママと四人でお話をするから、亜乃は部屋にいなさい」

「はい」

私から離れて自室へ戻ろうとする。

「あっ！　亜乃、ぬいぐるみはいいのか？」

「そうだった」と足を止めた。「あっ、でもやっぱりいい。車の中の方が安全そうだから」

ちらっとクマさんに視線を遣《や》った。見るからに怯《おび》えている。娘は逃げるようにガレージから出て行った。

リビングダイニングへ通すと、埼玉県警の刑事のコンビは食卓の椅子に座っていた令子にも型通りの自己紹介をした。それから自分たちも着席し、「ご主人から電話で詳細は聞きましたが、奥さんからも……」と事情聴取を始めようとする。

「あの、その前に」と妻が遮った。「逆探知とかの機材を早く設置してください。いつ犯人から電話がかかってくるかわからないので」

「そうですね」と女刑事は言い、腰を上げる。

でも固定電話にＩＣレコーダーと片耳イヤホンを三つ繋げただけで、すぐに食卓に戻ってきた。

「もう終わりなんですか？」

「今は大掛かりな機材がなくても逆探知できるんです」と女刑事が令子に向かって説明する。「すでに電話会社の協力を取りつけていますから、犯人から電話がかかってきた瞬間にどこにいるのか特定できます」

「じゃ、ドラマとかで『通話時間が短くて逆探知できなかった』っていうのは嘘なんですか？」と私は訊ねる。

「ドラマの舞台が現代なら演出になります」

「携帯電話からかかってきても?」

去年の秋にやっていた刑事モノの連続ドラマで、犯人が『携帯電話からだと逆探知は不可能なのさ』というセリフを得意気に吐いていた。

「どの電話からでも問題ありません」

「ドラマは演出が多いんです」とクマさんが苦々しい顔付きで言う。「刑事が犯行直後の殺害現場から目聡《めざと》く証拠を見つけて『鑑識に回せ!』というのもあり得ません。現実では、鑑識が徹底的に調べ尽くしたあとでしか現場に入れないんです」

女刑事がクマさんに鋭い視線を走らせた。話が脱線したことを諌《いさ》めたのだ。彼は小さく咳払《せきばら》いし、話を元に戻す。

「ただ、できるだけ長く犯人と電話してください。すぐに捜査員を向かわせるので、通話時間が長ければ長いほど犯人は逃げるのが遅れます」

「はい。わかりました」と妻が深く頷き、女刑事に訊ねる。「あの、あなたは若そうに見えるけど、経験は浅くないの?」

「一年目のひよっこです」

「ひよっこ!」

令子のヒステリックな声が響き渡った。

「奥さん、大丈夫ですよ」とクマさんが落ち着き払って言う。「彼女はキャリアが浅いことで『ヒナ』呼ばわりされていたりしますが、とても優秀な刑事です。ベテラン刑事にも引けを取らない切れ者で通っています。本件でも大いに手腕を発揮してくれるはずです」

妻は不服そうな顔をしたけれど、「はい、よろしくお願いします」と引き下がった。

「では、今回の事件について最初から話してください」

令子は順を追って話した。大部分は私が電話で伝えたことと重複したが、おそらく脅迫電話を受けた妻の口から証言を得たかったのだろう。

その後、刑事たちは「犯人に心当たりは？」「ここ最近で不審な車や人物を見かけたことは？」「身の回りで妙なことは起きていませんか？」などと犯人へ繋がる糸口を探った。しかし私も妻も捜査を進展させる情報は何も持っていなかった。

「電話会社に照会してみたのですが、最初の電話はこの家から二キロほど離れた公衆電話からかけられたことがわかりました」とヒナが事務的な口調で言う。「ですが、二回目の電話は長崎県からでした。長崎に知り合いはいますか？」

その質問に関しても思い当たることがない。最初の電話から二回目の電話がかかってくるまで一ヶ月近くあった。その間に犯人は埼玉から長崎に移動したのか？　それとも複数犯？

「あの、次に電話が来たらどうしたらいいんでしょう？　私たち、八千五百万円も用意できないんです」と令子は縋《すが》りつくような目をして訊く。

「犯人を苛立《いらだ》たせないよう注意しながら『全額用意するのにもう少しだけ時間がかかります』と先延ばしにしてください」とクマさんは助言した。「現在、公衆電話周辺の聞き込みや、付近の防犯カメラの映像をチェックしているところです。身代金の受け渡しを先延ばしにすれば、その分犯人の手掛かりを集められます」

きっと声紋鑑定の結果が出るまでは引っ張りたいのだろう。私と同じで警察も啓太の生存に半信半疑なはずだ。

「先延ばしにできなかった時は？」

「犯人の機嫌を損ねて交渉が決裂したら元も子もないので、要求に応じてください。すでに偽札の手配は済ませてあります」

「偽札でバレないんですか？」と令子は心配する。

「精巧に造られているのでパッと見では判別はつかないですし、本物かどうかじっくりチェックさせる時間は与えません。受け渡しの時に必ず逮捕します」

クマさんは力強く断言した。何かで聞いたことがある。日本では身代金目的の誘拐は成功率がゼロパーセントに等しい、と。お金を受け取るためにどうしても犯人は姿を現さなければならないからだ。

ただし、人質の無事は保障されない。とっくに殺害されていたり、身代金の受け取りに失敗したことを知った仲間が人質を手に掛けたりするおそれがある。そうなる前に犯人を逮捕して啓太を保護できればいいのだが。

犯人から三回目の電話がかかってきた時、私は三階にいた。娘の部屋で亜乃と二人で夕食を摂り、退室した直後だった。

手にしていたトレイを床に置き、急いで階段を駆け下りてリビングダイニングに戻る。すると、令子たちは固定電話を囲むようにして立っていた。刑事二人の片耳にはイヤホン。ヒナが余っていたイヤホンを差し向ける。それを受け取って右耳に突っ込んだ。

「はい、日野です」と妻が電話に出る。

「えーと、『日野啓太くんを誘拐した犯人』と名乗る人から電話があり、言伝《ことづて》を預かっています。『八千五百万をゼロハリバートンのアタッシュケースに入れろ。商品コード942840５のアタッシュケースだ。ショルダーベルトをつけておけ。素直に要求を呑《の》むのなら、日本でフォロワー数一位のインスタグラマーのコメントに《承知した》と投稿しろ。また連絡する』と」

それだけ言うと、男は通話を切った。令子は「もしもし？」と訊ねたけれど、切断されたことは本人もわかっているだろう。

一同、困惑した。加工されていない声だった。犯人に頼まれて言伝を？　いや、脅されて？　それとも犯人の偽装工作？

不意に、食卓の皿に目が留まる。クマさんとヒナの皿は空になっていたが、令子のはほとんど手をつけられていなかった。カルボナーラ、カリフラワーのフリット、ルッコラと生ハムのサラダ。少なめによそったのに。

「私たちの存在に気付いているようですね」とヒナが口を切る。

「ああ。車ん中で蹲《うずくま》ったのが無駄になったな」

「なんでバレたのよ？　啓太の身に何かあったらどうするの？」

妻が血相を変えて声を荒らげた。

「令子さん、落ち着いてください」とヒナが宥める。「このタイミングで連絡方法を変えたことから、予《あらかじ》め警察が介入してきた場合のプランを立てていたと思われます。初めの電話で『警察に通報するな』と警告しなかったことからも、犯人にとっては想定内なのでしょう」

「犯人は捕まらない自信があるってことですか？」と私は単刀直入に訊く。

「ある程度の勝算がなければ、誘拐を……」

ヒナは言葉を止め、ズボンの後ろポケットからスマホを出した。そして「失礼」と断ってから耳に当て、通話しながら私たちと距離を取る。

「警察を出し抜く秘策があるのかもしれません」とクマさんが代わりに答えた。「ゼロハリバートンのアタッシュケースは頑丈なことで有名です。おそらく高いところから投げさせるのが狙いでしょう。橋や高速道路などの下を警戒していれば犯人を捕らえられます」

「なるほど」

「家に犯人が指定したアタッシュケースはありますか？」

「いえ」

「では、こちらで手配します」

通話を終えたヒナが戻ってきて「気密性が高くて水に浮くアタッシュケースでもあるので、川に流すことも考えられます。下流も警戒しましょう」と進言する。

「そうだな。で、どこの公衆電話かわかったか？」

「はい。東京の新宿区でした。今、捜査員が向かっています」

「電話した男を見つけても、大した情報は持っていないな。逆探知を警戒して無関係の人間をメッセンジャーにした線が濃厚だ。もう犯人が直接電話してくることはないだろう」

「今後も間接的に連絡してきたら、メッセンジャーを特定することにかなりの労力を割かれてしまいます。増援を要請しましょう」

かない。

「上に掛け合ってみる」とクマさんはヒナの意見を受け入れ、スマホを手にした。

後手に回っている刑事たちの姿に不安感は募るばかりだ。だが、私たち夫婦は警察の他に頼るところはない。解決してくれると信じてクマさんたちの言う通りにするしかない。

私はフォロワー数が日本一の芸能人のインスタグラムに『keitano_oya』のユーザーネームでコメントを投稿した。ただ、〈承知した。〉以外に、〈売却の手続きに時間がかかっている。二、三日待ってほしい。〉を寄せた。

二回目の電話、犯人が長崎の公衆電話から連絡をよこした際、周辺の防犯カメラに怪しげな男性が映っていたそうだ。その人物の特定に時間が必要なので、私はクマさんの指示通りに時間稼ぎを行ったのだ。

夜の九時過ぎに、作業服を着た捜査員二名がうちに上がり、盗聴器や盗撮カメラがつけられていないか隈《くま》なく調べた。しかし一つも見つからない。どうやって犯人は警察の介入を知ったんだ？　イオンの駐車場で目撃されたのか？

ヒナが「内部から漏れている可能性を排除するために、みなさんのスマホをテーブルに置いておきましょう」と提案し、食卓に五台のスマホが並んだ。クマさん、ヒナ、私、亜乃、令子。

「タブレットは持っていますか？」

私の「いえ」と妻の「あります」が被った。思わぬ食い違いに私は焦る。対照的に令子は涼しい顔で「あったじゃない。リンゴマークのが。亜乃に買い与えたでしょ」と言う。

「あれは何度か落とした衝撃で壊れたんだよ。覚えてないか？」

「そうだっけ？」

「修理に出すと結構かかるし、亜乃が使いにくそうにしていたから、デスクトップのパソコンを買うことにしたんだよ」

「ああ、そうだったわね」

令子が思い出したところで、ヒナが「パソコンは何台ありますか？」と質問する。

「二台です。でもあそこのは」と私はリビングの隅にあるデスクを指差す。「故障しています。もう一台は亜乃の部屋にあります」

「念のために、モデムを外して持ってきてください。あと、ルーターも」

「はい」と私は言われた通りにした。

日付を跨《また》ぐと、私は令子と、クマさんはヒナと交代で仮眠をとった。夫婦は寝室のベッドで、刑事コンビはリビングのソファだ。

妻は「どうせ眠れないから起きてる」と主張した。でも私は「横になるだけで疲れがとれる。いつまでこの状況が続くかわからないんだから、体力を温存させておかないと駄目だ。肝心な時に動けなくなる」と反対し、半ば力尽くで寝室に押し込んだ。

朝の五時過ぎ、私はクマさんのいびきを耳障りに思いながら珈琲《コーヒー》を淹《い》れ、カップを二つ食卓に置いた。

「ありがとうございます」とヒナは小声で言って口をつける。

私も一口飲んだ。

「電話での啓太くんの声についてですが、拓真さんはどの程度の確信を持っていますか？」

「正直言って、半々です。よく似ていたけれど、令子のように絶対とは言い切れません」

事情聴取の際に、妻は『絶対に啓太の声です。母親の私が聞き分けられないはずがない』と訴えた。

「思い込みが働くと、電話の相手の声を誤認することは珍しくないです。オレオレ詐欺でも被害者が強固に『息子に間違いない』と言い張ることが多々あります」

令子の前では話せない事柄だ。刑事たちは私が一人きりになるのを待っていたのかもしれない。

「人間は先入観に捉われた生き物なんですね」

「ええ。自分の尺度で『必ず』や『絶対』と決めつけるのは非常に危険です。ただ、令子さんが『生きている』と強く思い込むのは、親として当然です。どちらかと言えば、拓真さんの方が落ち着きすぎていて違和感を覚えます」

ヒナの目が鋭く光る。ひよっこ刑事とは思えない眼光だ。なるほど。クマさんが太鼓判を押すだけのことはある。だが、彼女の鋭利さは刑事としての素質から来るものではないような、生きるために備えたもの、否応《いやおう》なく身につけざるを得なかったもののように感じた。

「私のことを疑っているんですか？」

「犯行に加担している可能性は低いと思っています」と明け透けに言う。「ですが、拓真さんが『生きている』と信じ込めないのは、子供を愛していなかったからでは、と疑ってはいます。生存を望んでいなければ、我を忘れずに対処できます」

「望んでいないことはないです」と思わず持って回った言い方をした。

「でも不仲だった？」

「啓太とも仲良くやっていましたよ」

無意識に口調が荒くなっていた。

「不躾《ぶしつけ》なことばかり言ってすみません」とヒナは頭を小さく下げた。「私の意図は、啓太くんが犯人とグルである可能性を探ることでした。もし啓太くんに家に帰りたくない深い事情があったのなら、溺れているところを助けてくれた人に匿ってもらったり、その恩人のために犯行の手助けをしたりする動機になります」

左胸が大きな音を立てた。普通の親子関係を築けていると思っていたけれど、無自覚に余所余所《よそよそ》しい態度をとっていたのかもしれない。啓太はどこか疎外感を覚えていたのでは？　父子の間に横たわる溝を察して家に帰りたくないのか？　私を憎んでいるなら、犯人に協力してもなんらおかしくない。

十年ほど前、令子が「友達と温泉に行ってきていい？」と訊ねてきた。家庭人を目指し始めたばかりの私はもちろん快諾した。今まで育児にかかりっきりで自分の時間を持てなかったのだから、遠慮することはない。

だけど普段ママにべったりの娘は寂しがった。

「ママ、どこ？」

「箱根にいる」

「はこね？」

私はパソコンを立ち上げ、箱根の画像を検索して亜乃に見せた。

「おふろ」と娘は画面を指差す。

「温泉って言うお風呂なんだよ」

「おんせん？」

「そう。温泉。今頃、ママも入っているかな」

「あのも」

「亜乃も入りたいのか？」

「うん」

「今度、パパとママと亜乃の三人で温泉に行こう」

「おんせん、おんせん、おんせん」と娘はリズミカルに繰り返した。

私は旅行サイトにアクセスして箱根の温泉宿について調べた。三人で泊まるとなると、露天風呂つきの客室だろうか。日付と人数を入力して検索にかけると、十二軒もあった。

利用者のレビューを読んでみたけれど、どれも決め手に欠ける。そこで、生の声を載せている個人ブログを探してみた。地道に一軒ずつ検索し、眺望のよい露天風呂、美味《おい》しい食事、清潔感のある部屋、気持ちの良い接客を吟味する。

どのブログも画像をつけて感想を綴《つづ》っていた。ふと、浴衣のツーショット画像に注意を引かれた。男の方はすかした笑みを作っているが、女は両手で顔を隠していた。その女の耳についているシルバーのロングピアスに見覚えがあった。今朝、玄関で見送った令子の耳たぶの下で揺れていたものだ。

画面上のカーソルが小刻みに動き出す。ワイヤレスマウスを握る手が震えているからだ。ブログのユーザー名は男の名前。投稿者は男の方か？ 記事をアップしたのは一時間前。旅先から更新しているようだ。

下にスクロールして旅の行程を順々に遡っていくと、眼前に今朝の令子と同じ格好をした女が飛び込んできた。片手で目元を隠し、芦ノ湖《あしのこ》の湖上に立つ平和の鳥居の手前で男と体を密着させている。

カッとなり、マウスをぶん投げた。部屋干し中の洗濯ハンガーにぶつかり、派手な音を立てて床へ落下した。その音に驚いた亜乃が泣きだす。

「うるさい！」

更に娘は大きな声を上げる。泣き喚く亜乃を無視して洗面所へ行き、顔をバシャバシャ洗う。しかしどんなに擦《こす》っても、さっきの光景は悪夢にならない。果てしなく現実だ。ツーショット画像も娘の泣き声も。

泣きたいのはこっちだ。せっかくほのぼのとした家庭を築こうと改心したのに、なんでこんな目に？ あんまりだ。いつから？ 旦那が汗水流して働いている間もあの男と？ ふざけんな！ 何食わぬ顔で裏切りやがって。帰ってきたら間男ともども……。

ハッとする。目の前に醜悪な生物がいた。憎悪に満ち満ちた顔が鏡に映っている。

直視できないほどのひどい顔だ。亜乃が大泣きするのも当然か。不貞を働く母と嫉妬に狂う父。そんな両親じゃ娘が可哀想《かわいそう》だ。

急いで亜乃のところへ戻って「ごめん。パパが悪かった。本当にごめん」と謝り、抱きかかえた。子供に罪はない。身から出た錆《さび》だ。家庭を顧みなかった私に妻を咎《とが》める資格はない。

夫婦関係の修復のために令子と話し合おうとしたが、離婚の可能性に臆して切り出せなかった。親権を取られたら亜乃と離れ離れになる。今の私にとって娘はこの世で一番大切な存在だ。亜乃の成長をそばで見守ることが生き甲斐になっている。娘にとっても、親は二人揃《そろ》っている方がいいはずだ。

亜乃との離別に尻込みし、娘にとってのベストな選択に頭を悩ませていたら、令子に「二人目ができた」と告げられた。脳裡《のうり》に間男の笑顔が過《よぎ》る。だけどすぐに悪い想像を振り捨てて無理やり歓喜の言葉を吐き出した。

どちらの子であろうと私に選択肢はない。事を荒立てれば亜乃を失うリスクが生じる。疑惑から目を背け、自分の子だと信じ込む以外に進む道はなかった。

「親も人質も容疑者にリストアップするなんて、さすがですね」と私は微笑を作ってなんとか取り繕った。「警察の内部にも疑いの目を向けているから、クマさんのスマホも没収したんですか？」

「先入観を捨ててあらゆる可能性を考慮する。それが捜査の基本です」

「声紋鑑定の結果はいつ出るんですか？」

声が一致しなかったら、ヒナの推理は空論に成り果てる。私と啓太の不仲説を唱えるのは結果がわかってからでいいじゃないか。

「今日の午前中には。結果が出てから捜査プランを練ると後手に回りかねません。今のうちから啓太くんが生きていることを想定して捜査を進めておきたいのです」

「そうですか」

「もし令子さんに知られたくない複雑な事情を抱えていて、警察に話すと公になってしまう、と恐れているのなら無用な心配です。誰にも漏らさないことを約……」

コール音が鳴り響いた。クマさんが飛び起き、私とヒナは固定電話の前に急行する。電話機のディスプレイには『公衆電話』と表示されていた。

「拓真さんが出てください」とヒナは指示してイヤホンをつける。

遅れてやって来たクマさんもイヤホンを手にする。私はコードレスの受話器を摑み、心して耳に当てた。

「もしもし？」

右耳の鼓膜をボイスチェンジャーの声が震わせる。

「俺を欺こうとした愚か者には、然《しか》るべき罰を与える」

「罰？　なんのことですか？」

忽《たちま》ち身震いした。インスタグラムに余計なことを投稿したから、怒りを買ったのか？

「パパ、ママ、助けて」

子供の声に代わった。啓太とは違う。似ているけれど、若干声質が柔らかかった。

「亜乃？　亜乃なのか？」

なんで娘が？　何が起こっているんだ？

「怖い。怖いよ。助けて」

「亜乃、大丈夫だ。パパが助ける。必ず助け……」

「今日の十五時までに八千五百万を用意しなければ、片方を殺す。また連絡する」と
相手は警告して切った。

私は受話器を持ったまま廊下に飛び出る。寝室から出てきた令子と鉢合わせになり、

「どうしたの？　電話は？」と質問された。だが、構わずに階段を駆け上がる。

泣きつくような思いで亜乃の部屋のドアを開け、電気を点《つ》ける。ベッドにもどこにもいない。蛻《もぬけ》の殻だった。

「亜乃！」と叫ぶ。

返事はなかった。でも微《かす》かに冷たい風を感じた。窓が開いてる？ ベランダにいるんじゃ？ 確認しに向かおうとした私の右肩を誰かが掴む。

「駄目です。現場が荒れます」とヒナが制止した。

彼女の手を振り払って前へ踏み出す。窓辺に駆け寄り、カーテンごと窓を大きく開ける。しかし、誰もいなかった。

「亜乃？ 亜乃はどこ？」

狂気を孕んだ令子の声に反応して振り向く。ドアのところでクマさんたちが立ち塞がり、妻の入室を止めていた。

「拓真、亜乃はどうしたの？」と令子は刑事二人の間から問いかける。

私は答えられなかった。

「お嬢さんも人質になった模様です」とヒナが毅然《きぜん》とした調子で告げる。

「まさか、亜乃も！ 嘘でしょ？ なんで？ なんで亜乃まで？ 何をやってるのよ！」

「奥さん、気をしっかり持って……」

令子が両手で耳を塞いでけたたましい奇声を上げた。だが、すぐに治まる。口を半開きにしたまま一瞬だけぴたりと静止すると、妻は膝から崩れ落ちた。刑事たちが慌てて令子を抱きかかえる。あまりのショックに卒倒したのだった。

犯人が電話をかけた公衆電話が判明するや否や、直《ただ》ちに捜査員が急行した。自宅から七キロほどの距離だったが、犯人と亜乃の姿はなかったそうだ。ヒナが「今回は路地裏の奥まったところにある電話ボックスでした」とクマさんに伝えると、彼は下唇を噛《か》んだ。目撃情報は期待できなそうだ。

夜明けと同時に現場検証が行われた。窓ガラスに罅《ひび》と焦げ跡があったことから、『焼き破り』と呼ばれる手口を使って侵入したと見られる。ライターやガスバーナーで窓ガラスを熱してから濡《ぬ》れタオルなどで冷やすと、罅が入るらしい。罅の部分に穴を開けたあと、マイナスドライバーのようなものを挿し込めば、クレセント錠を開けられる。

窓ガラス破りのポピュラーな手口の一つで、微かな音しか出ないのが特徴だという。寝入っていたら気付きにくい。しかも、深夜の二時半頃から大粒の雨が降り出した。犯人が物音を立てても雨音に紛れてしまう。階下にいた私たちの中に不審な音を耳にした者はいない。

窓辺とベッド付近の床、亜乃の部屋のベランダの脇にある雨樋《あまどい》と外壁に赤茶色の泥が付着していた。それらが庭の赤土と成分が一致するか鑑定中だが、結果を待つまでもないだろう。犯人の侵入ルートを推理するのは素人の私でも容易《たやす》い。家の裏手にある庭を突っ切り、雨樋を伝って亜乃の部屋のベランダへ登ったに違いない。

忍び込んだおおよその時刻も見当がつく。犯人が雨でぬかるんだ庭を通ったことから、雨が降り始めた二時半から電話がかかってきた五時半まで、約三時間の間に亜乃は攫われたのだ。

娘を脅して大人しくさせたと思われるが、四十キロほどある子供を背負って三階から下りたのなら、相当な力持ちだ。それとも、雨樋を伝って下りることを亜乃に強要させたのか？

クマさんの話では、犯人を割り出す捜査に人手をかけていたことが影響し、自宅周辺の警戒は緩かった。その上、巡回中の警察官も家にいたクマさんとヒナも、犯人が自宅に忍び込んで亜乃を連れ去るとは予想だにしていなかった。その盲点をものの見事に突かれ、まんまと犯人に出し抜かれたのだ。

不測の事態だったが、もちろん『犯人の方が上手《うわて》だった』では済まされない。刑事二人が待機していた家から子供が攫われたのだから、大失態に他ならない。令子が意識を取り戻したら、怒鳴り散らすことだろう。

私も怒りに任せて激しく糾弾したかった。しかし経営者として身を以《もっ》て学んだことが私の心にブレーキをかけた。クマさんたちの心証を悪くするのは得策じゃない。どんな仕事も気分よく働く方が成果は上がる。気乗りしない労働はなおざりになってしまうものだ。

警察への不満や不信感を胸に留《とど》め、クマさんとヒナの謝罪の言葉に「起こってしまったことはどうしようもありません。前を向いて頑張りましょう。私にできることはなんでもやります」と返した。

穏便に済ませたものの、殺伐とした空気が漂い続ける。刑事たちの方に余裕がないのだ。二人とも気が立っている。忙《せわ》しなく他の捜査員と連絡を取り合っていることもあり、みだりに話しかけない方がよさそうだ。

手持ち無沙汰な私はキッチンに立った。料理をしているといくらかは気が紛れる。じゃがいものリゾットとシーザーサラダを作り、刑事たちに「あの、切りのいいところで食事にしませんか？」と勧める。もう十四時を回っていたが、私も彼らも朝から何も食べていなかった。

令子は寝室で眠り続けていたので、三人で食事を摂った。夢の中にいる方が彼女にはよいだろう。目覚めても苛酷な現実に直面するだけだ。事件が解決するまでは穏やかな寝顔を見せていてほしい。だが、当てもない願望に縋るのは不毛だ。今のうちに予防線を張っておかなくては。

食後には珈琲とビスコッティを振る舞った。刑事たちの胃袋を満たしたあとで、

「捜査の進展具合を教えてもらえないでしょうか」というお願いを食卓に載せた。

「妻が目覚めたら現状を知りたがると思うのですが、私の口から伝えたいんです。その方がスムーズに事が運びそうで」

私自身も知りたかった。気掛かりで居ても立っても居られないのだ。クマさんが「そうですね。奥さんのことをよく理解している旦那さんに任せた方がよいですね」と私の要望を受け入れた。そして「先ず、長崎からの電話ですが」と進捗状況を話し始めた。

警察は昨日の昼過ぎに電話をかけてきた人物を勾留している。公衆電話付近の防犯カメラと目撃情報などから足取りを追い、近隣住民の聞き込みを行って割り出した。尾崎順平《おざきじゅんぺい》。三十二歳。長崎市内の大手自動車メーカーの営業所でカーアドバイザーをしている。

当初、尾崎順平は黙秘した。彼の身辺を洗っても誘拐事件と結びつくものが何も出てこなかったので、警察は犯人による脅迫を疑った。そこで「何かを恐れて口を閉ざしているのなら、その恐怖を我々が全力で取り払う。だから知っていることを話してほしい」と条件を出した。すると、尾崎順平は「家族の身の安全を保障してください」と頼み、洗い浚《ざら》い打ち明けた。

五日前、日野啓太と名乗る人物から勤め先の営業所に電話がかかってきた。子供らしき声が尾崎順平への取り次ぎを求める。当人が電話に出ると、ボイスチェンジャーの声で「少しでも妙な動きを見せたら、人の命が一つ消えるぞ。普段通りに電話しろ」と脅迫した。

同僚の悪戯だと思った尾崎順平はあたりを見回す。

「きょろきょろするな」と犯人が注意した。「信じようが信じまいが君の自由だが、俺は誘拐犯だ。言う通りにしなければ、人質を殺す。君とは無関係の人間だ。でも君のせいで死ぬ。死んだら、君個人や君の会社は遺族に責められ、世間から叩《たた》かれるだろう。また、君の息子にも不幸が訪れる」

尾崎順平の子供の名前、年齢、通っている小学校の校名を言い当て、「いつでも攫ってやるぞ。警察に頼っても無駄だ。俺たちを逮捕できたとしても、別の組織に実行させて必ず報いを受けさせる」と警告した。

そして「今から言うセリフを一つずつファイルに分けてスマホに録音しろ」と命じ、次々に発していく。中には子供の声もあった。恐怖に支配された尾崎順平は言われるがままに黙々とスマホを操作した。

録音後に、「これから君は俺の代わりに日野啓太くんの家に脅迫電話をかけることになるが、相手の発言に合わせたセリフを速やかに再生しろ」と使い道を明かし、事細かに指示した。

日野啓太くんの親が電話に出たら、「八千五百万は用意できたか？」を。返答がイエスなら「褒美に、子供の声を聞かせてやる」を。ノーなら「明日までに死にもの狂いで掻き集めろ。いいな？」を再生しろ。

その返答がイエスなら「やる気が出るよう、子供の声を聞かせてやる」を。ノーなら「これを聞いても、同じことが言えるかな？」を。もし相手が先に「息子の声を聞かせて」などと求めた場合は、「いいだろ。少し待ってろ」を再生しろ。

子供の声を流す時は、相手が母親なら「レイちゃん？」「レイちゃん、助けて」「怖いよ。早く助けて」を。父親なら「タクちゃん？」「タクちゃん、助けて」「怖いよ。早く助けて」だ。

相手が子供に話しかけている途中で「もういいだろ」を再生し、向こうの発言を待ってから「素直に言うことを聞けば、子供を生きたまま返してやる。また連絡する」を聞かせる。そしてすぐに電話を切る。

相手に会話の主導権を握らせないためのセリフも録音させていた。意にそぐわないことを言い出したら、「勝手に喋《しゃべ》るな」「訊かれたことだけに答えろ」「電話を切ってもいいのか？」「交渉は決裂だ」から適切なものを選んで牽制《けんせい》する。

犯人は念入りにセリフの使い方を指導すると、「スマホは音声が出るところを受話器の口に向けるんだぞ」と注意したあと、実行する日時と日野家の電話番号を伝えた。

それから「君の自宅の最寄り駅の公衆電話からかけて、その後は近くのコンビニできっかり三時間立ち読みしろ。きょろきょろはするなよ。素人の君に気付かれるような監視はしない。挙動不審な男になるだけだから、俯《うつむ》いてろ」と命じた。

最後に「無論、このことは俺と君だけの秘密だ。他言した時のことは言わないでもわかるだろ？」と念を押して通話を終えた。


電話会社に照会してみたところ、犯人が我が家から四キロほど離れた公衆電話を使って尾崎順平に電話したことが判明した。だが、その電話ボックスは人気のないところにあるので、有力な情報は得られていない。

ヒナが「犯人は尾崎順平を囮《おとり》に使ったのです。被疑者に仕立て上げ、警察に追わせて捜査を攪乱《かくらん》させるのが狙いでしょう。そのために、人目に付いて防犯カメラのある駅前の公衆電話を指定したんです。長時間の立ち読みも。ただ、警察に『長崎はダミーだった。他を捜そう』と思わせて尾崎順平の近くに潜伏している、という線も捨てられません」とどっちつかずの推理をする。

犯人に翻弄されっぱなしなので、慎重になっているのだろう。昨日の夕食後にかかってきた東京からの電話で、相手は肉声で「言伝を預かっています」と前置きをした。

それで、刑事たちは『警察の介入を知った犯人は、これからは直接連絡せずに無関係な人を脅してメッセンジャーにするつもりだ』と考えた。

機械音声は犯人から、肉声はメッセンジャーからの電話だ。そう思い込んでいた警察は長崎の電話の捜査に力を入れた。しかし長崎からの電話もメッセンジャーを介していたのだった。

もしかしたら、一番初めの電話からメッセンジャーを使っていたのかもしれないが、『俺を欺こうとした愚か者には』の電話も録音されたものだった可能性がある。亜乃を拉致したあと、すぐに目星をつけていた一般市民に電話してメッセンジャーの役目を押しつけることは不可能じゃない。

啓太の声を聞かされた時と同様に、亜乃もこちらの問いかけに答えなかった。喚いただけなので、録音だったのでは？　もちろん、パニックに陥っていたから、と捉えることもできるが……。

完全に疑心暗鬼だ。どの電話もメッセンジャーを介しているように思えてくる。更には、『尾崎順平を脅した電話も犯人に脅された人がかけたのかも』とさえ怪しんでしまう。メッセンジャーがメッセンジャーを生み出しているのなら、捜査は一段と難航する。

子を愛する親をメッセンジャーに仕立て上げるのはそう難しくない。犯人の脅し文句を鵜呑《うの》みにしないで『ハッタリか？』と疑っても、『もし本当だったら？』という懸念が付き纏う。最悪の事態がちらりとでも頭を掠《かす》めれば、尾崎順平のように従順にならざるを得ない。

昨夜の東京からの電話は捜査範囲を絞り込んでいる段階なので、もうじき発信者を特定できるそうだ。しかしメッセンジャーである見込みが高く、事件解決の糸口にはならないだろう。強く引っ張ったらすぐに切れてしまう。その程度の手掛かりに違いない。

現状はすこぶる芳しくない。犯人の影さえ摑めていない。ただ、ポジティブな要素が一つだけある。声紋鑑定の結果、脅迫電話の「レイちゃん、助けて」の声とブルーレイディスクの『啓太　桃太郎に挑む』に収められた主役の声が一致した。同一人物のものであることが判明したのだ。

啓太の生存が確定し、胸を撫で下ろす。そしてホッとできた自分にホッとした。私だって『生きていてほしい』と切に願っていた。令子の不貞が良からぬことを想像させる時もあるけれど、大切な子だ。自分の子だと信じて私なりの愛し方で目一杯可愛がっていた。

妻にも飛びっきりのニュースになる。警察に対する不信感やフラストレーションを吹き飛ばす好材料だ。私もクマさんたちに倣って声紋鑑定の結果を伝えるのは最後にしよう。

十五時過ぎに令子は目を覚ました。私が進捗状況を話すと、案の定不快感を顕《あらわ》にする。思うように捗《はかど》らない捜査に落胆し、「だらしない！」「役立たず！」「税金泥棒！」「死んで詫《わ》びろ！」などと憤った。ベッドの端に浅く座っていた私は頃合いを見計らって、取って置きの朗報を伝えた。

期待通り怒りはぱたっと消えたが、妻は喜ばなかった。全く手をつけられずに彼女の太腿《ふともも》の上で冷めていったリゾットをゆっくりと食べ始める。音を立てずにスプーンで掬《すく》い、そーっと口に運んで時間をかけて咀嚼《そしゃく》した。

「どうした？　嬉しくないのか？」

「拓真は嬉しいの？」と訊き返す。

「もちろん。啓太が生きていたんだぞ」

妻が小さな溜息《ためいき》を吐《つ》いた。それは大きな不満がある時のサインだ。

「捜査にだって好材料だ」と私は早口で言う。「生存が確定したことで、啓太を救助した人が犯人である可能性が高まった。川沿いに住んでいる人か、釣り人か、キャンパーか。今、啓太が行方不明になった川の下流で大規模な聞き込みを行っている。付近の釣具店やアウトドアショップにも。うまくいけば、犯人のアジトが見つかるかもしれない」

「私はずっと信じていた。生きてるって。脅迫の電話がかかってくる前からずっと、ずっとずっと。親なら当然のことでしょ。最低でも、電話があってからは信じるもの」

「信じていなかったわけじゃない」と私は泡を食って訴える。「半信半疑だったんだ」

「いっつも拓真は中途半端。家庭でも仕事でもズバッと振り切れないから、親としても経営者としてもそこそこにしかなれない」

「至らないところはたくさんあると思うけど、自分なりに家庭と仕事を両立させようと気張ってきた。令子の助けになりたいこともあって」

「そんなこと一つも頼んでない。自己満足を押しつけないでよ。家のことは何も困ってなかった。拓真は仕事だけやっていればよかったのよ」

さすがにムカッときた。散々『拓真にとって家は寝るためだけの場所ね』『父親としての自覚がない！』『仕事と家族、どっちが大事なの？』とがなり立てていたじゃないか。

「自分勝手なことをしてすまなかった」と私は反論を呑み込んで謝罪の言葉を口にした。「色々と納得のいかないことはあると思うけど、今は夫婦で力を合わせなくちゃならない時だ。きちんとした話し合いは事件が解決してからにしよう」

「なんにもわかってない。拓真の中途半端な心構えじゃ解決できるものもできなくなるから、いざという時に備えて指摘してるの。もし犯人が『子供は一人しか返さない。どっちか選べ』って言ったら、拓真はどうするつもり？」

私は押し黙る。即答できなかったのは、先に顔が浮かんだのが亜乃だったからだ。数秒遅れて啓太の顔が横に並ぶ。長いこと顔を合わせていないせいだ。それで時差があったんだ。

選別なんかしていない。私にとって二人とも大切な子供だ。そう自分の心に言い聞かせてみたが、どこか空々しさが漂っている気がしてならない。

「選べないよ」

「犯人が『じゃ、どっちも殺す』って言ったら？」と妻は私を追い詰める。

「縁起でもないこと言うな」

「拓真は選べないんじゃない。選ばないのよ。自分が悪者になりたくないから選びたくないんでしょ？」

「令子はどうするんだよ。選べるのか？」

「決まってる。『代わりに私が人質になる。一人殺すなら私を殺して』って言う」

「そんなのないよ。二択だったじゃないか。自分が犠牲になる選択肢があったら、それを選んでいた」

「あとから何を言っても遅い。中途半端な親だから、拓真はどちらかを切り捨てることにしか目が向かなかった」

　お茶を濁されたようで、腹立たしい。でも一方では俯瞰《ふかん》している自分がいた。だからわかっている。この苛々は敗北感を誤魔化すためのものだ。二人の子の命を比べようとした時点で、私は親失格だ。

「わかったよ。もし今のような二択を犯人に迫られたら、自分が身代わりになる」

　また妻はストレスが凝縮された溜息を吐き出した。

「本当にわかってるの？　啓太も亜乃も代わりがいないのよ。新しく作ればいいってものじゃないの」

「わかってるよ」

「虎鉄《こてつ》が死んだ時は『他の犬を飼おう』って言った」

　令子の親は娘の中学の入学祝いに雄の柴犬をプレゼントした。令子は『虎鉄』と名付けて滅法可愛がり、結婚後は虎鉄を連れて新居に移った。だが、二年後に癌《がん》で亡くなった。

　悲嘆に暮れる妻を慰めようと、私は新たな犬の購入を勧めたのだが、『そういう問題じゃない！』と拒絶された。

「犬と子供を一緒にするなよ」

「私にとってはどっちも家族よ。代わりは利かないの。それがわからない拓真は亜乃も啓太も死んだら、しれっと『また子供を作ろう』って言い出すに決まってる」

妻の手元で皿とスプーンがカチャカチャと音を立て始めた。興奮で体がわなわなと震えているのだ。どんどん音が大きくなる。

「令子、落ち着け。確かに、ペットに関してはわかっていなかった。家族の一員という意識に欠けていた。でも亜乃と啓太の命が掛け替えのないものだってことはちゃんと理解している」

耳障りな音が止まる。しかし不穏な空気が肌を刺した。今にもリゾットの皿を私に投げつけてくるんじゃ？

「どうして砂利にしなかったの？」

「えっ？」

なんのことを言っているんだ？

「砂利にしていれば、犯人の足音に気付けた。ううん、音が立つことを嫌って侵入を断念した」

「庭を赤土にしたのは、虎鉄のためだろ。土なら走り回っても足を痛めないし、番犬がいるから防犯砂利じゃなくてもいいって。令子の要望に応えただけだよ」

「虎鉄が死んだあと、なんで砂利に替えなかったのよ！」と強い口調で咎める。「そもそも、結婚する時には虎鉄は老犬だったんだから、先が短いことはわかっていたはず。そうでしょ？　初めから砂利にしておけばよかったのよ」

言い分が無茶苦茶すぎる。どっと疲れが出てきた。病気だからしょうがない、と大目に見ているが私にだって限度がある。よくよく考えれば、令子の屁理屈《へりくつ》は心を病む前からだ。私が独断で決めればちくりとクレーム。相手の意見を尊重して折れても、『自分の意思をしっかり主張してよ』とケチをつける。

一人では決断することも、自分の意見に責任を持つこともできないくせに、文句だけは一丁前。放っておけば一日中テレビの前でありとあらゆることを批判する女だ。この世で正しいのは自分だけ。なんて傲慢さだ。

少しはこっちの気持ちを考えろよ。いつも献身的に支えているじゃないか。多少の落ち度があっても目を瞑《つぶ》るもんだろ。愚痴ばっかりでうんざりだ。たまには感謝の言葉をかけたっていいじゃないか。

知らぬ間に怒りが膨れ上がっていた。ずっと溜《た》め込んでいたものがグツグツと煮立っている。もう溢《あふ》れ出そうだ。我慢できない。気付くのが遅かった。数秒後には収拾のつかない事態になるだろう。

そう腹を括《くく》ったが、くぐもった電話のコール音が険悪な雰囲気を消し飛ばした。令子がベッドから飛び出る。私もすっくと腰を上げ、二人して大慌てでリビングダイニ

ング に急行した。

「もしもし？」と妻が電話に出る。

私はイヤホンを耳の穴に押し込んだ。男の肉声が聞こえてくる。

「啓太くんと亜乃ちゃんを誘拐した犯人からメッセージを頼まれました。『日野令子が身代金の運び役になれ。自分のスマホを所持し、愛車のミニクーパーで最寄りの国道を北進しろ。詳しい行き先は追って指示するから、携帯電話の番号を言え』です」

令子はゆっくりと十一桁の番号を伝える。通話相手はメモしているだろうが、犯人にどうやって報《しら》せるんだ？　電話？　ネットの掲示板？　ひょっとしたら、この男はメッセンジャーの振りをした犯人なのでは？　なんでも怪しく思えてくる。本当に妻のスマホの番号を知らないのか？　妻とは関わりのない人物を装っているのかも？

「人質の声を録音させられたので、流します」と男は言うと、ガサゴソと物音を立てた。

〈ママ、心配かけてごめん。パパもごめん。今日、二人で映画を観に行くはずだったのに。デートの約束、破っちゃうね、ごめん〉

受話器を握る令子の手の甲に青い線が走る。血管が浮かび上がるほど強く握り締めないではいられないのだ。私も自然と硬い拳を作っていた。右の手首に巻かれたミサンガを見つめ、ただただ娘の無事を祈る。どうか亜乃を守ってください。

「あと、犯人は『電話後、五分以内に家を出ろ。警察が日野令子のあとをつけたら、亜乃ちゃんの命はないと思え。身代金を受け取る時にボディチェックをする。車も調べる。盗聴器や無線機や発信器が見つかった場合も、悲劇を生むぞ』とも言っていました。以上です」

役目を終えた男が電話を切るなり、令子は「拓真、身代金は？」と訊ねた。

「警察が用意してくれた」

クマさんたちの手引きで銀行から借りた。だけど銀行はシビアだ。警察が仲介者になっても、返済の見込みの薄い金額は貸さない。私たちの資産に鑑みて、ほぼ半分の四千五百万円が限度額だった。

足りない分は偽札で補う。ゼロハリバートンのアタッシュケースを二つ用意し、一つには本物の四千二百五十万円を入れた。もう一つには二百五十万円と偽札を。

「車に積んで。私は着替えてくる」と言って令子はウォークインクローゼットへ向かった。

てきぱきと動く妻から揺るぎない決意が感じ取れる。この身を擲ってでも子供たちを取り戻す。決死の覚悟が漲《みなぎ》っている。さっき指摘された通り、彼女の方が親としての心構えがしっかりしているのだ。

自分の不甲斐なさが憎らしい。一家の大黒柱なのに、夫としても親としてもなんの役にも立てない。何もできないのが歯がゆくて堪《たま》らない。可能ならば、妻に代わって身代金を届けたい。犠牲になるのなら、私だ。私こそが相応《ふさわ》しい。

私は無力感を噛み締め続けたまま妻の車を見送った。彼女を鼓舞するような言葉は一つもかけられなかった。月並な言葉だけ。閉まっていくガレージのシャッターをぼんやり眺めながら『さっきのが今生の別れになるのかも？』と思うと、大きな後悔が押し寄せてくる。

もっとまともなことを言うべきだった。みるみる言葉が湧いてくる。そのうちの一つでもいいから伝えたかった。

家に残った私たちはリビングのローテーブルに置かれた二台のノートパソコンを注視した。どちらの画面にも周辺の地図が表示され、赤いピンが立っている。右のパソコンには一本。左は四本。一本の方は令子のスマホの位置を示している。四本の方はアタッシュケースと身代金の位置。

犯人は『令子と車に発信器をつけるな』としか警告していないから問題ない。そんな言い分が通じるとは思えないけれど、クマさん曰《いわ》く「アタッシュケースを細部まで分解しない限り、札束を一枚一枚じっくり調べない限り、発信器は見つけられない」ということだ。

　令子はひどく懐疑的だった。でもヒナが「犯人が受け取りの場でチェックしたら何時間もかかります。アジトへ持ち帰ってから調べるはずです。また、人質を一人しか解放しない可能性があります。その場合は、アジトを特定しなければならないので、発信器をつける必要があるのです」とどうにか言い含めた。

　ヒナは身代金の渡し方についても妻にレクチャーした。

「本物だけの方を先に渡し、偽物の方は『人質二人の解放が確認されてから』と駆け引きの道具にしてください」

　受け渡しの場に犯人が亜乃と啓太を連れてきた時は、アタッシュケース二つと交換するだけでいい。だが、一人しか引き渡さない、もしくは後日に二人を解放する、という場合は約束を反故《ほご》にされるおそれがある。だから身代金を分けた。偽札の方のアタッシュケースにぶつけたような傷を作り、目印にした。

　当然のことながら、犯人の神経を逆なでしないよう取り引きを持ちかけるのが大前提だ。人質が二人になったことで圧倒的に向こうが優位に立っている。実際のところは、交渉の余地はほとんどないのだろう。

　警察は犯人の『令子の車をつけてくるな』という警告も無視した。クマさんが「犯人が監視していても、パトカーや白バイで追うわけじゃありません。何台もの車とバイクが交代で尾行するので、悟られることはないです」と保証した。ヘリコプターも待機させ、万全の態勢を整えているそうだ。

ミニクーパーが出発して約一時間、どちらのパソコンでも地図上の赤いピンが北上を続ける。ふと、令子にスマホを携帯させたらGPS機能で追跡されることくらい犯人もわかりそうなものだ、と引っかかった。クマさんに訊いてみる。

「おそらく、犯人は身代金の受け渡し場所の連絡をした時に、『通話後にスマホを車外に捨てろ』と命じるのでしょう」

「なるほど」

「大丈夫ですよ。たとえ『アタッシュケースも車外に捨てろ』と指示されたとしても、奥さんを見失ったりはしません。どこでルートを変更してもいいように方々に捜査員を待機させています」

通話中だったヒナが私たちのところに戻り、「新潟から電話をかけた男を見つけました」と報告した。

「随分と早いな」

一時間ほど前にかかってきた電話もすぐに発信元を特定できた。間髪を容《い》れずクマさんが協力を要請したので、新潟県警が現場に急行して捜査に当たっていた。

「公衆電話付近の聞き込みを行ったら、早々に不審な家の情報を得たんです。『ベランダに干してあるシーツにマジックで数字が書かれている』と」

「数字？」とクマさんが首を傾《かし》げる。

「十一桁の数字です」

「携帯電話か！」

「はい。令子さんのスマホの番号です」

　犯人がただの通行人を装ったり、遠くから双眼鏡を覗《のぞ》いたりすれば、メッセンジャーと接触することなく妻の電話番号を知ることができる。安全な伝達手段だ。

「周辺での怪しい人物の目撃情報は？」

「今のところは何もありません」

「シーツの家の住人と犯人の繋がりは？」

「まだ黙秘しているので詳しいことはわかっていません。ですが、今日の午前にシーツの男は勤務先の病院で日野啓太と名乗る子供からの電話を受けています。通話履歴を調べてみたところ、シーツの男は東京の足立区の公衆電話と通話していました」

　ここから足立区へは車で一時間もかからない。

「日野家から数キロ圏内の公衆電話は埼玉の警察にマークされているって読んで俺たちの管轄外からかけたんだな」

「おそらく」

「こっちの動きが筒抜けって感じだ。犯人には俺たちの手札が見えてんのか？」

「仮に筒抜けであっても、私たちの裏をかこうとして出したカードから向こうの手札を予想できます。シンプルに考えれば、犯人はこの付近に潜伏していて、長時間アジトを留守にできない事情があって何百キロもの遠出は不可能、ということになります」

「その考えに基づくと、単独犯になるな」とクマさんが顎鬚《あごひげ》を擦りながら推理する。「仲間がいるなら北海道でも沖縄でも行かせて、そこから電話をかけられる」

「はい。これまでも仲間の存在をちらつかせるだけで、複数犯である証拠は何も出てきていません。全て一人でも行える犯行です」

「ちょっといいですか」と私は口を挟んだ。「犯人が尾崎順平さんに電話した時、『きょろきょろするな』と注意したんですよね？　電話役と監視役、二人はいるんじゃないでしょうか？」

監視役が尾崎順平を見張り、ターゲットの挙動を逐一電話役に報告していたはずだ。

「当て嵌《は》まりそうなことを言っただけかもしれません。思考を巡らせる時に目は自然と左右に動くものです。緊張や不安を感じる時には瞬きが増えます。それらは『きょろきょろする』と捉えることが可能です」

「なるほど」

「確かに、可能だな」とクマさんも同意した。「けど、単独犯ならシーツの番号は見に行かなくちゃならない。二人の人質を連れて移動するのか？　かなりリスキーだぞ」

　犯人は新潟で落ち合うつもりか？　令子が北進し続ければ新潟方面へ行く。

「危ない橋を渡れば、捜査員の間に『そんなリスクを冒すはずがない』という隙が生まれます」

「ハイリスクハイリターンか」

「ですが、すでに犯人が令子さんの番号を知っている可能性もあります。私たちを掻き乱すために知らない振りをし、故意に回りくどいことをしているのかもしれません」

「でもそうじゃない可能性もある。本当は複数犯で単独犯に見せかけているってことも」

　ことごとく先手を取られているから二人とも歯切れが悪い。どうしても『犯人は更に先を読んでいるのかも？』と疑わずにはいられないのだ。

「はい。決めつけずに多角的な捜査を行いましょう」

「シーツの男は医者なのか？」

「放射線技師です。犯人からと思われる電話を受けたあと、早退しています」

「既婚者か？」

「はい。五歳と三歳の男の子がいます」

ほぼメッセンジャー確定だ。技師の男も『子供を攫うぞ』と脅されたに違いない。

「昨日の東京、新宿区からの電話の方は？」

「まだ特定できて……」

出し抜けに、警察の無線機が「日野令子の車がラブホテルに入りました」と伝えた。

クマさんが即座に「そのホテルを中心に包囲網を張れ。チェックアウトした人間は全て尾行しろ」と指令を出す。

「ラブホテルの駐車場はまずいですね」とヒナが険しい顔付きで危惧する。「外からは何をしているのかわからない。中からは侵入者を確認しやすい。簡単には近付けないので、犯人はじっくり身代金をチェックすることができます」

大変だ。発信器や偽札がバレてしまう。安全なお金だけ自前の鞄《かばん》に詰めて逃げる気なんじゃ？

「よし、カップルを装った捜査員を潜入させよう」

クマさんが次の手を決めた直後に、私のスマホが鳴る。確認してみると、令子からだった。ハンズフリーモードにしてから通話ボタンをタップする。

「今さっき公衆電話から着信があったの。犯人の伝言を預かった人が『最寄りのラブホテルに入れ。身代金を載せたまま半ドアにして車から降り、二〇二号室にチェックインしろ。その部屋が空き室じゃなかったら、一時間半は待っていい。それでも空かなかった時は、身代金の一部を利用客に渡してでも空けてもらえ』って」

「空いていたのか？」

「うん。あと、『自宅にいる警察の連中を二階のバルコニーに出し、日野拓真に鍵をかけさせろ。カーテンも閉じさせろ。全員の姿を確認できたら、次の指示を送る』って」

「わかった」

「伝言以外のことは話すなって言われたからもう切るね」

「ああ」と言ったあと、慌てて呼ぶ。「令子！」

「何？」

「結婚してくれてありがとう」

胸の奥には愛とは正反対の感情もある。でも胸の中にあるものを全て篩《ふるい》にかけた時、最後に残るのは感謝の気持ちだ。

「私も。私も拓真と結婚してよかったって思ってる」

「気をつけて」

「うん」

令子が電話を切る音を最後の最後まで聞いてから、「本当に犯人はうちを見張っているのでしょうか？」とクマさんに質問した。

「ハッタリの可能性もありますが、言う通りにするしかないでしょう」

刑事たちは素直に犯人の指示に従う。ただし、ノートパソコンや無線機やスマホを持ってバルコニーへ出た。私は窓の鍵とカーテンを閉める。時刻は十七時を回っているので、外はもう暗い。それに加え、雨が降っている。犯人は暗視スコープでも使ってクマさんたちの姿や施錠を確認するのだろうか？

大体、刑事たちを締め出すことにどんなメリットがあるんだ？　無線機やスマホを取り上げなくては、さほど捜査の妨害にならない。クマさんと私はアドレスを交換したから、電話やメールで情報を伝えられる。また、警察はうちの固定電話の通話を傍受している。

犯人の狙いがさっぱりわからないが、警察を引っ掻き回すための布石であることは間違いない。クマさんやヒナの注意を逸《そ》らし、その隙に身代金を奪うつもりか？　今頃そっと乗り込んだミニクーパーの中で発信器を探しているのかもしれない。

そのことをクマさんにメールすると、〈ラブホテルの駐車場に潜入させた捜査員が見張っています。今のところ、奥さんの車に異常はありません。〉と返ってきた。

だが、安心はできない。潜入させたのは、妻の車がラブホテルに入ってから数分後。空白の時間が存在する。その間に、犯人は駐車している別の車に身代金を載せ換えたのでは？　数メートルの移動では地図上のピンは動かない。

　悪い想像ばかりする私をクマさんが〈たとえ犯人が別の車の中でせっせと発信器を外していたとしても、あのホテルから出る人間は全て身元を洗います。何重にも張り巡らされた包囲網が突破されることは決してあり得ません。〉と励ました。でも不安が消えることはなかった。


　およそ一時間半後、令子から連絡が来た。

「さっきとは別の声の男から電話があって、犯人が『日野拓真は娘とデートするのに相応しい格好をしろ』って」

「えっ？　どういうことだ？」

「私に訊かないでよ。他には『啓太くんお気に入りのタオルケット、サッカーボール、亜乃ちゃんお気に入りの熊のぬいぐるみ、買ったばかりのワンピース、それらを日野拓真は愛車のランドクルーザーに載せて日野令子がいるラブホテルへ行け。それから半ドアにしたまま二〇二号室で夫婦一緒に待機しろ。電話後、五分以内に家を出ないと、一人殺す』って」

「わかった」と言いながら私は時間を確認した。「あとは？」

「何も」

「じゃ、すぐに準備するから切るよ」

「うん」

私は通話を終えると、急いで着替えた。亜乃が要望した通りにジーンズと山シャツを避け、カナダグースのダウンジャケットを羽織った。それから指定されたものを掻き集める。

娘の部屋に紙袋に入ったままのワンピースを、啓太の部屋にタオルケットとサッカーボールを、玄関に編み上げのブーツを取りに行き、後部座席に放り込んだ。熊のぬいぐるみは昨日亜乃と二人で出かけた時から載せっぱなしだった。

靴下のまま運転席に乗り込んだ時には、タイムアップ間近になっていた。私はシートベルトを後回しにし、ガレージのシャッターが上がりきらないうちに発車させた。車内に金属音が響き渡る。屋根を少し擦ってしまったが、制限時間オーバーにはならなかった。

シートベルトを締め、令子のいるラブホテルへ車を走らせる。雨の中での運転でもあるから、細心の注意を払いつつクマさんにメールで指示を仰いだ。犯人はスマホの所持について触れなかったので、ポケットに入れてきた。

すぐに返信が届く。

〈犯人が二〇二号室に固執したのは、その部屋に旦那さんと奥さんを入れたい理由があるのだと思われます。盗聴器や盗撮カメラがつけられている可能性があります。重要な会話は犯人に聞かれないよう小声や筆談などで工夫してください。〉

二〇二号室の部屋中に盗撮カメラが設置されていたとしても、私や令子の言動を把握してなんになる？　多少は捜査方針に関する情報を得られるかもしれないが、微々たるものだ。

本当に犯人の目的はお金なのか？　別の目論見《もくろみ》があるように思える。車に載せたのはどれも亜乃と啓太を喜ばせるものだ。犯人は子供たちの敵じゃないのでは？　『娘とデートするのに相応しい格好をしろ』にも邪悪な印象を受けない。いったい何をさせたいんだ？

二〇二号室のドアをノックし、「拓真だ」と告げる。しばらくしてドアが開いた。令子と顔を合わせるが早いか彼女に抱きつく。後退《あとずさ》りされたけれど、私は強引に抱き締めて妻の首筋に顔を埋《うず》める。そして「盗聴されているかもしれないんだ」と囁《ささや》いた。

事情を呑み込んだ令子は私の腰に腕を回した。

「捜査に関することは喋るな。重要なことは抱擁の振りで」と私は小声で伝える。

妻の顎が小さく上下した。私は腕の力を緩める。するりと令子の体が抜けていった。

「犯人から連絡は？」と訊きながら妻のあとについてベッドルームへ入る。

「まだない」

「そっか」

令子はベッドに腰かけ、私も隣に座った。数分の無言のあと、妻が「そのブーツ、履くの久し振りじゃない？」と言う。

「ああ。亜乃が履いてほしがったから」

ラブホテルの駐車場に停めてから車中で履いた。

「へー」

「亜乃はワイルド系の男が好みのタイプなのかもな」

「そうね」

どことなく会話がたどたどしい。盗聴器が気になるからか？　いや、原因はそれだけじゃないだろう。

また沈黙が二人の間に居座った。

「何か飲む？」と令子が気遣う。

「あ、うん。水を」

妻が立ち上がり、冷蔵庫を開ける。その時、テーブルにあったミネラルウォーターのペットボトルが目に入る。まだ半分ほど残っていた。

「令子の飲みかけでいいよ。そんなに喉が渇いていないし」

しかし彼女は冷蔵庫から新しいミネラルウォーターを取り出して私に手渡し、さっきよりも少しだけ間を空けて座った。それから長い無言が夫婦間に横たわった。

十五分ほど経ってから、私は「ラブホなんて何年ぶりかな」と独り言のように言う。だが、妻は「身代金は大丈夫そう？」と別の話題に変えた。

「たぶん大丈夫だと思う」

「たぶん？　確認しなかったの？」

「ああ」

「どうして？」

「なんとなく、令子の車には近付かない方がいいと思って」

「なんなの？　ちょっとくらい覗いてくるもんでしょ。身代金がなくなったら、亜乃や啓太は戻ってこないかもしれないのよ」

徐々に怒気を孕んでいった。

「すまない」としか言いようがない。

「もう、しっかりしてよ。大体、なんであの刑事たちをチェンジしなかったのよ？」

「チェンジ？」

「別の刑事に代えてもらえばよかったのよ。あの人たちのせいで亜乃は連れ去られたんだから、正当な要求でしょ。上の人に掛け合えば、代わりに優秀な刑事をよこしてくれたはずよ」

「それができたとしても、クレーマーのレッテルを貼られる。代わりの刑事たちに『仲間のクマさんとヒナを邪険に扱いやがって』という気持ちがあったら、捜査に本腰でかからないかもしれない。そう考えて刑事の交代を断念したんだ」

チェンジなんて考えもしなかったが、令子に話を合わせた。

「じゃ、体たらくの慰謝料代わりに身代金を全額肩代わりしてって警察に要求した？」

「は？」

「警察の怠慢で亜乃まで誘拐されたんだから、当然の権利でしょ。渋っても『マスコミに言い触らす』とかなんとか言えば、いくらでも用意してくれたわよ。啓太が行方不明になったのだって、警察の怠慢なんだし」

「それこそクレーマーだと思われる。誰も真剣に捜査しなくなるよ」

「それとこれは別よ。市民を守るのが警察の務め。厳しい試験と訓練を受けてきた刑事は仕事に私情を挟んだりしない。きっぱり割り切って働くものよ」

令子は自分の尺度でしか物事を考えられない。にも拘《かか》わらず、浅薄である自覚は皆無。むしろ常に自分の考えが正しいと信じている。その自信がどこからくるのか不思議でしょうがない。

「みんなの税金で成り立ってる組織なんだから、私たちがボスのようなものよ」と妻が前のめりになって捲《まく》し立てる。「下手に出る必要なんてない。なんで刑事たちの分も料理を作ったの？　そんなことをするから付け上がるのよ」

「少しでも恩を売っておけば、クマさんとヒナから事件解決のやる気を引き出せる気がして」

「あー、みっともない。拓真っていっつもそう。外ヅラだけはいい。人の顔色を窺って胡麻《ごま》を擂《す》ってばっか。あっちにもこっちにもいい顔をするから、万遍なく中途半端になる。どうせ『これを機に警察の人たちが自分の店の常連客になるといいな』って下心もあったんでしょ？」

「あるものか！」と思わず声が大きくなった。「亜乃と啓太が無事に戻ってくること以外に望んでいるものはない」

「何よ、今更父親ヅラして。元はと言えば、拓真が申し訳程度の家族サービスをやりだしたのがいけないのよ。自分勝手な気紛れで子供たちに危険な川遊びを教えていなければ、啓太は行方不明にならなかった。誘拐事件なんて起きなかった。こんなことにはならなかったのよ」

　私は言い返そうと口を開きかけたけれど、すんでのところで留まる。

「何？　言いたいことがあるならはっきり言ってよ」と令子が顔を醜く歪《ゆが》めて煽《あお》った。

「本当に男らしくない。だから貧乏くじばっか引くのよ。情けないったらない。そんな調子じゃ、スーシェフに店を乗っ取られるのも時間の問題ね」

「啓太は箱根旅行で仕込んだ子か？」

「なに言ってんの？」

　もう止まれなかった。

「浮気してたのは知ってるんだ」と畳み掛ける。

「ひょっとして、わざとカヤックを転覆させたの？」

「な……」

　呆気《あっけ》に取られた。開いた口が塞がらない。私が絶句しているのをいいことに、妻は
「そうよ。わざとやったのよ。最初から殺すつもりで家族サービスを始めた」と決め
つけた。そしてそろそろと立ち上がり、私と距離を置く。

「違う」

「違わない。殺す気だった」

「おい、落ち着け」と私もベッドから腰を上げ、令子に歩み寄ろうとする。

「来ないで！」

　彼女はズボンの後ろポケットから折り畳みナイフを出し、刃先を私に向けた。私の
キャンプ道具だ。いつの間に持ち出したんだ？

「本当に違うって。妊娠を告げられた時に『誰の子であろうとも等しく愛す』って心

に誓った」

「心はコントロールできるものじゃない。本人が何を思っても、どんな覚悟をしても、心は感じた通りにしか動かない。人間はロボットじゃないから」

「そんなことない」

声を大にして否定したが、胸にどす黒い罪悪感が広がっていった。啓太を助けようと手を伸ばした時に、私は一瞬だけ躊躇《ためら》った。ほんの一瞬、このまま流されて死んだら、という考えが頭を横切った。

すぐに邪念を振り払い、引っ込めた手を再び伸ばそうとした。だが、後頭部に強い衝撃を受け、意識を失った。一秒もなかったであろうそのタイムロスが私たち家族の運命を大きく変えてしまったのだ。

「じゃ、なんで警察に通報するのを嫌がったの？　二回目の脅迫電話のあと、拓真は通報に反対した。わざと転覆させたことが後ろめたくて、警察と関わりたくなかったんでしょ」

「違う」と言った声が力なく響く。

「違うって証明できる？」

「論点をずらすな。浮気していたかどうかを訊いていたんだ。答えろ」

「してたわよ。拓真が仕事バカで家庭を顧みなかったんだから、浮気の一つや二つく

ら い……」

令子が開き直っている途中で、彼女のスマホの着信音が轟《とどろ》いた。私は不意を突かれたが、妻は即座に電話に出る。

新たなメッセンジャーからの言伝は『日野拓真は自分の愛車に身代金を載せ換え、運転席で待機しろ。追って指示する』だった。

私を運び役にして犯人になんのメリットがあるんだ？　受け渡しの時に抵抗されることを憂慮すれば、腕力の弱い女性の方が好ましいはずだ。この部屋での会話を聞いていて、『奥さんは話が通じなそう』と判断したのか？

私は不可解に思いながらも「行ってくる」と令子に言ってドアへ向かう。すると、妻が追いかけてきて私の背中にしがみついた。彼女も『今生の別れになるんじゃ？』とゾッとしたのだろう。

と思っていたら、令子がダウンジャケットのポケットに何かを入れた。私も手を突っ込んでみる。この形と手触りは、折り畳みナイフだ。妻がか細い声を震わせて「お願い。刺し違えてでも子供たちを取り戻してきて」と頼んだ。

令子はそう覚悟してこのナイフを持ち出したのだ。彼女なりに母親としてできる限りのことをしようとした。子供たちには最大限の愛情を注いでいる。今はそれでいい。それだけでいいんだ。

私も父親としての責務を果たそう。この命に代えても亜乃と啓太を令子のもとへ帰す。いざとなれば犯人の首元にナイフを突きつけ、『子供たちを解放しなければ殺す』と脅してやる。もし仲間がいれば、その一人を人質にして交渉するんだ。

「わかった」と私は妻の覚悟を引き継ぎ、殺意を胸に宿して部屋を出た。

ミニクーパーからランドクルーザーに二つのアタッシュケースを載せ換え、運転席に乗り込んだ。すると、助手席に板状のチューインガムが置いてあった。包装されていない裸の板ガムが七枚重なっていたのだが、どれも表面に文字が刻まれている。

《スグニスマホヲソトニステロ》
《ランカンノナイハシヘムカエ》
《シゼンニスベテノガムヲカメ》
《ハシノテマエギリギリニトメロ》
《カネトワンピヲモッテオリロ》
《ハシノマンナカヘイケ》
《ガムヲカワニハケ》

これは犯人からのメッセージだ。おそらく『すぐにスマホを外に捨てろ。欄干のない橋へ向かえ。自然に全てのガムを嚙め。橋の手前ギリギリに停めろ。金とワンピを持って降りろ。橋の真ん中へ行け。ガムを川に吐け』ということだろう。

私は周囲を見回した。この駐車場のどこかに犯人の一味がいる。ガムをランドクルーザーの助手席に置き、私がスマホを車外に捨てるのを見張っている。捜査員と同様に利用客を装って車の中に潜んでいるのか？

ともかく、スマホを車外に放置せざるを得ない。身代金の受け渡しの時にはボディチェックされるのだから、隠し持つことはできない。一旦、車を降りてスマホを地面に置き、それから出発した。

警察は私のスマホの位置情報を追えなくなったけれど、身代金とアタッシュケースの発信器があるので尾行に支障はない。だが、犯人は警察が追尾することも想定している。でなければ、『自然に全てのガムを噛め』とは命じない。

そのメッセージは、『尾行する捜査員にガムの指示内容を伝えたり、捜査員が違和感を抱くようなガムの食べ方をしたりするな。自然な動作で証拠隠滅を謀れ』という意味だ。だから犯人の一味も私を追尾し、私が指示を無視しないか監視している可能性が高い。

口にガムを一枚放り込み、身代金を受け渡す時のことをあれこれシミュレーションする。きっと一瞬のうちに終わるだろう。警察の尾行をきっちり想定している犯人がもたもた時間をかけるはずがない。さっと身代金を受け取って姿を晦《くら》ませる気だ。

間違いなく犯人には警察を撒《ま》く秘策がある。だからこそガムで指示を伝え、スマホを捨てさせた。警察に情報が流れて欄干のない橋に先回りされなければ、逃げ切る自信があるのだ。

欄干のない橋はこの地域では有名な橋だ。啓太が行方不明になった川にかかっていて、私たちが乗ったカヤックが転覆したポイントのすぐそばだ。事故以来、あの川には行っていなかった。曰く付きの場所だが、啓太を取り戻すのに相応しい地でもある。

私は味がなくなるたびに口にガムを補充しながら目的地を目指した。亜乃、啓太、もうすぐだ。必ず助けるから、どんなことをしてでも我が家に帰すから、あと少しだけ頑張ってくれ。


雨は降り続け、欄干のない橋に到着した時には強まっていた。だから娘のワンピースが濡れないよう、着ていたダウンジャケットの中に入れ、ファスナーを首元までぴっちり上げ、フードを被った。そして本物のお金が詰まったアタッシュケースを持って車を降りた。

周辺に明かりはなく、一帯は深い闇に包まれている。黒い川にかかった橋も輪郭がぼやけ、ほとんど闇に溶け込んでいる。足を踏み外さないよう注意しつつ、一車線ほどの幅しかない橋を進む。

いきなり襲ってくることが懸念される。アタッシュケースを奪われないようショルダーベルトを斜め掛けにした。犯人がこのベルトをつけることを要求したのは、長時間持ち運ぶからか？　徒歩で山にでも逃げるつもりかもしれない。

だが、熊のぬいぐるみはどうするんだ？　タオルケットとサッカーボールとワンピースはさほど荷物にならないけれど、ぬいぐるみは大きい。抱えて逃げるのは大変だ。百六十センチもあることを把握しているのか？

そういえば、なんで身代金とワンピースだけ橋の真ん中へ運ばせるんだ？　子供たちの品物も陽動作戦の一つか？　まだ生きていると思わせる偽装工作でないといいが……。

私は恐ろしい想像に囚《とら》われつつ橋の真ん中でガムを吐き出した。ほとんど視界が利かないので、川に落ちるところは見えない。激しい水音でガムが着水する音も聞こえなかった。通常なら水面まで一メートル半はあるのだが、今は一メートルもなさそうだ。

犯人が近付いてきても、足音は掻き消されてしまう。神経を研ぎ澄まして警戒しなくては。そう用心した矢先に、うっすらと人影が見えた。車を停めた方からやって来る。私はポケットに手を突っ込み、折り畳みナイフを握った。

人影は一つ。一人だけだ。小さい。子供だ。どっちだ？　亜乃だ。パジャマ姿で裸足の娘がよろよろと近付いてくる。私は駆け寄り、片膝をついて亜乃を抱き締めた。

「大丈夫か？　亜乃？　どこか痛めてないか？」

「うん。平気」

言葉に確かな生気があった。非道な扱いは受けていなかったようだ。私は娘としっかり顔を合わせ、「啓太は？」と訊ねる。

「私がちゃんと言うことを聞いたら家に帰してくれるって」

「何を指示された？」

「アタッシュケースを渡してくれる？」

私は亜乃と体を離し、ショルダーベルトを肩から外す。そして娘の前に置いた。

「これをね」と言ってアタッシュケースの持ち手を握った。「川に……」

持ち上げようとした亜乃はバランスを崩す。危ない！　と思った時には、娘の体は真横になっていた。アタッシュケースに引っ張られるようにして橋から落ちる。

次の瞬間には、亜乃を追って川へ飛び込んでいた。ものすごい勢いで流されていく。暗くて娘の姿が見えない。どこだ？

「亜乃！　亜乃！」と必死に呼びかける。

返事はない。もっと大きな声で叫ぼうとしたけれど、四方八方から水が襲ってくる。

満足に呼吸ができない。流れが激しくて身動きが取れない。体が重い。水面から顔を出せない。どんどん沈んでいく。このままだと溺れる。

私は死んでもいい。自業自得だ。啓太を助けるのを躊躇った私に相応しい死に方だ。けど、亜乃に罪はない。無垢《むく》ないい子だ。せめて娘だけは助けてください。私の命を捧《ささ》げますから。

薄れゆく意識の中で一心に願った。どうか亜乃を……。娘の命だけは……。

第二章　月と鼈《すっぽん》

窓から柔らかな光が入ってくる。廊下でクマさんと電話している間に、夜明けを迎えた。彼は通話を切る前に、「ヒナ、無茶はするなよ」と注意したが、今は手段を選んでいる場合ではない。私はスマホをポケットにしまうと、故意に大きな足音を立てて病室に入り、勢いよくドアを閉めた。

一晩中ベッドのそばで娘を見守り続けていた令子さんがじろりと睨《にら》む。形だけ謝ろうとしたら、亜乃の眉間に皺《しわ》が寄った。

「う、うーん」と唸《うな》って眩《まぶ》しそうに目を開ける。

「亜乃！」

令子さんの甲高い声が病室に響き渡った。娘は焦点の合わない視線をしばし宙に漂わせたかと思うと、突然身を起こす。そして「パパは？」と叫ぶみたいに母親に訊ねた。

「大丈夫。無事よ。今は警察の捜査に協力しているの。終わったらお見舞いに来るわ」

「そっか」と気の抜けたような声を出す。

母親は私の助言通り、拓真さんが亡くなったことを伏せた。事実を伝えれば、娘は『パパは私を助けようとして死んだ』とショックを受け、聞き取りを行うのが難しくなる。非情な措置だが、人質の居場所を突き止めることが先決だ。

拓真さんを尾行していた捜査員から『娘がよろけて川に落ち、父親が飛び込んだ』と連絡を受けると、クマさんは直ちに『総員、救助に徹しろ』と指示した。尾行していたことを犯人に悟られるおそれがあるけれど、背に腹はかえられなかった。

濁流に呑み込まれた親子の生死を分けたのは、ゼロハリバートンのアタッシュケースだった。浮き輪の代わりになる上に、発信器が仕込まれていた。それにしがみついて流された亜乃は溺れずに済み、三十分ほどで救助された。

体の所々に切り傷や擦り傷を負い、低体温症を発症して意識を失っていたものの、命に別状はなかった。しかし拓真さんは心肺停止の状態で発見され、搬送先の病院で死亡が確認された。

犯人からの連絡は『日野拓真は自分の愛車に身代金を載せ換え、運転席で待機しろ。追って指示する』を最後に途絶えている。やはり尾行に気付いてしまったか？　だとしたら、日野啓太の身に危機が差し迫っている。一刻も早く保護しなければならない。

頼みの綱は亜乃の証言だ。彼女が見聞きした情報を基にすれば、犯人の足取りや潜伏場所を絞り込める。だからクマさんに『亜乃ちゃんの護衛と聴取を私に任せてください』と願い出て、彼女が目覚めるのをまだかまだかと待ち侘《わ》びていたのだ。

「大丈夫？　話せる？」と私は亜乃に訊ねた。

「はい」

「まだ啓太くんがどこにいるのかわかっていない。だから亜乃ちゃんが知った犯人の情報が頼りなの。覚えていることはなんでも話してほしい。見たもの、聞いたこと、嗅いだもの。何か食べたなら、味も。ちょっとしたことでもいいの。何気ないことが大きな手掛かりになることもあるから」

「わかりました」

「それじゃ、犯人に連れ去られた時のことから話してくれる？」

「はい。えっと……」と彼女は斜め上に視線を泳がせながら語り始めた。

　亜乃が人の気配を感じて目を覚ますと、眼前にナイフの刃先があった。びっくりして声を上げようとしたが、小さな唸り声しか出せない。口にガムテープらしきものが貼りつけられていた。

　黒っぽい覆面を被った犯人はナイフを揺らしつつ、空いている方の手で『静かにしろ！』というジェスチャーをした。大柄な体形が亜乃の恐怖心を増幅させる。言いなりになる他なかった。

　亜乃は目隠しをされ、両手を後ろ手に縛られた。そして背中からお尻にかけてビニールシートみたいなもので包まれると、体が持ち上がり、犯人の背に負ぶさるような姿勢になった。

　犯人の大きな背中に引っついていたのは、彼女の体感で十五分ほど。その後は車に乗せられた。スライドドアが開いたような音が聞こえたと思ったら、後部座席らしきところに横に寝かされた。シートの座面にキルティング生地に似た感触のものが敷かれていた。車内は狭苦しくはなかったが、微かに煙草《タバコ》の臭いがした。

　犯人はドアを閉めてから、亜乃にヘッドフォンをつけた。聞き慣れない外国語の音楽、『インドとかタイとか、そっち系の曲』が大音量で流れ続けていた。車に揺られたのは一時間ほど。ただ、頻繁に右折と左折を繰り返した。

　車が停まり、シートから伝わっていたエンジンの振動が消えると、亜乃は車外に引っ張り出された。風雨の中、抱きかかえられて運ばれる。屋内に入る前も後も階段を上り下りしているような揺れは一度も感じなかった。

　犯人は彼女をソファらしきところに座らせ、後ろ手の拘束を解いて口のテープを剥がした。そしてヘッドフォンを外し、ボイスチェンジャーを使って「アイマスクは取るな。大声は出すな。言う通りにすれば、啓太くんと一緒におうちに帰れる。逆らうと、啓太くんが痛い目に遭う」と脅した。

震え上がった亜乃は言われるがままに親へのメッセージの録音を行い、訊かれたことには素直に答えた。「大切にしている物は？」の質問には「熊のぬいぐるみと買ってもらったばかりのワンピース」と返した。

日野夫妻を脅迫する材料を得ると、犯人は「腹が減ったら食え」とビニール袋を渡した。そして「トイレに行きたくなった時は手を挙げろ」と指示し、再び亜乃にヘッドフォンをつけた。

ビニール袋の中身はペットボトル飲料と菓子パンだった。トイレには手を引かれて案内され、亜乃は手探りでトイレットペーパーやレバーを探した。ドアは閉まっていたけれど、鍵をかけて籠城する気は毛ほども起こらなかった。犯人の怒りを買わないことだけを心掛けた。

極度の緊張状態の中でも空腹感や尿意はきちんとやって来たので、大まかな時間は把握していた。ただ、寝不足による眠気もしっかり訪れた。ヘッドフォンの音が気にならないくらい眠い。

寝たら駄目だ。時間の感覚が狂ってしまう。犯人に何をされるかわからないし、起きていなくちゃ。亜乃は手の甲をつねって睡魔と闘った。

しかし激しい眠気が断続的に襲ってくる。次第に痛みを感じなくなる。どんなに指先に力を込めても効かない。もう無理。限界だ。数分だけ寝よう。ちょっとくらいなら大丈夫。

うとうとし始めた頃に、ヘッドフォンが外された。

「これからおまえを橋の袂《たもと》へ運ぶ。橋の下でシートを被って隠れていろ。二時間くらいしたら父親の車が来る。橋の真ん中で身代金の受け渡しをすることになっている。父親が車を降りる音がしたら、頃合いを見計らってからおまえも橋の真ん中へ向かえ。父親からアタッシュケースを受け取り、勢いをつけて川へ放り投げろ。そうすれば、啓太くんを返してやる」

亜乃は犯人の指示に従って身代金を川に流そうとした。ところがバランスを崩してアタッシュケースもろとも落ちてしまった。猛烈な速さで流されていく。力いっぱい足搔《あが》いたけれど、激流はびくともしなかった。

死ぬかもしれない。そう思った時、右手に何かを握っていること、それが浮いていることに気がつく。無我夢中でアタッシュケースにしがみついた。

徐々に握力がなくなり、意識が朦朧《もうろう》としていった。だが、偶然にもショルダーベルトが両腕に巻きついていた。そのことが幸いして彼女の命は助かったのだった。

亜乃が無事だったのはせめてもの救いだったが、彼女の証言から犯人に直結する手掛かりはほとんど得られていない。精々『大柄な体形』と『煙草の臭い』くらいだ。体つきから犯人が男性である可能性が高まったものの、もっと情報が欲しい。

「流されている時に、川岸に人影や車を見なかった？」と私は穏やかな口調を心に留めながら訊ねる。

犯人は亜乃にアタッシュケースを川に投げさせて下流で受け取る算段を立てていたのだから、川岸で待ち構えていたはずだ。

「見ていません。必死だったからどこかへ目を向ける余裕なんてなかったです」

「音は？」

「水の音がすごくて何も聞こえなかったです。流れがゆっくりになった時には意識がぼんやりとしていて、よく覚えていません」

私は数秒考え込み、頭の中を整理する。亜乃は父親が娘を助けるために飛び込んだのを知らないのか。通常なら知らないままの方がよさそうだが……。

「川に落ちてからは人の姿は見ていないし、川の音しか聞いていない？」と私は確認した。

「はい」

「ありがとう。亜乃ちゃんのおかげで具体的な犯人像が浮かび上がってきた。あとは私たち警察に任せてゆっくり休んで」

令子さんが「犯人は誰なんですか？」と食ってかかるような勢いで訊いてきた。

「それは、まだ……」

「また口先だけ？」と彼女は声を裏返らせる。「いつになったら逮捕できるの！　早く啓太を取り戻してきてよ！」

「落ち着いてください。犯人が啓太くんに危害を加えることは起こり得ません」

「なんで言い切れるのよ？」

「犯人は亜乃ちゃんを攫った時から無事に返すつもりだった。でなければ、アイマスクやヘッドフォンを使ったりはしません」

「残忍な犯人じゃないから平気だってこと？」

「そうです。人質を始末する気が全くないから、顔や声を隠したんです。始末する方が情報をシャットアウトするよりもずっと楽なのに、手間を惜しまなかった。それは犯人が凶行に走らない根拠になります」

「亜乃の前で『始末』なんて言わないで！」

「すみません」

「あなたたちのいい加減な推理はもうたくさん！　御託はいいから目に見える結果を出して！」

令子さんの興奮を抑えるため、「もし啓太くんが望まない形で帰ってきた時には、私は退職します」と進退を懸けた。

「今の言葉、忘れないわよ」

「はい。二言はありません」

クマさんの耳に入ったらくどくど説教されそうだ。でも勝算のない戦いを吹っ掛けるほど私は無鉄砲ではない。だから『もし啓太くんを無事に取り戻せなかった時には』とは言わなかった。

失職するおそれはほぼないと思うが、今回の事件を解決するのは難しそうだ。真相は深い闇に包まれている上に、私には如何《いかん》ともしがたい壁が立ち塞がっている。たとえ謎を解き明かせたとしても、事件の決着をつけることはできないだろう。


亜乃の証言に基づいて犯人の行動範囲を絞り込み、集中的に聞き込みを行った。しかし一週間が経った今も潜伏先の発見には至っていない。クマさんが「やっぱり、何度も右折と左折を繰り返したのは、アジトを探り出されないための回り道だったようだな。亜乃ちゃんに与える手掛かりを最小限に留めて、俺たちが捜査にもたつく間に遠くへどろん。犯人め、小賢《こざか》しい真似《まね》しやがって」とぼやいていた。

犯人に脅されてメッセンジャーを引き受けた人たちは次々に特定された。今のところ、六人。日野夫妻が受けた脅迫電話は全部で八件。それを時系列に沿って整理すると次のようになる。

①『啓太くんを無事に返してほしければ、八千五百万円を用意しろ』（機械音声）
【一ヶ月ほど経過】

②『明日までに死にもの狂いで掻き集めろ』（機械音声）
『レイちゃん、助けて』（子供の声）
【日野拓真が警察に通報】

③『八千五百万をゼロハリバートンのアタッシュケースに入れろ。フォロワー数一位のインスタグラマーのコメントに《承知した》と投稿しろ』（肉声）
【日付を跨ぐ】

④『俺を欺こうとした愚か者には、然るべき罰を与える。今日の十五時までに八千五百万を用意しなければ、片方を殺す』（機械音声）
『パパ、ママ、助けて』（子供の声）
【日野亜乃の失踪が判明】

⑤『日野令子が身代金の運び役になれ。ミニクーパーで最寄りの国道を北進しろ。警察が日野令子のあとをつけたら、亜乃ちゃんの命はないと思え』（肉声）

『今日、二人で映画を観に行くはずだったのに。デートの約束、破っちゃうね、

ごめん』（子供の声）

【日野令子が自宅を出発】

⑥『最寄りのラブホテルに入れ。自宅にいる警察の連中を二階のバルコニーに出し、日野拓真に鍵をかけさせろ』（肉声）

【捜査員がラブホテルの駐車場に潜入】

⑦『日野拓真は娘とデートするのに相応しい格好をしろ。日野令子がいるラブホテルへ行け。二〇二号室で夫婦一緒に待機しろ』（肉声）

【日野拓真が子供のグッズを載せて出発】

⑧『日野拓真は自分の愛車に身代金を載せ換え、運転席で待機しろ』（肉声）

①と④以外の脅迫電話はメッセンジャーがかけていたことが判明したが、特定した六人の中に有力な情報を持っている者は一人もいなかった。どれも②の電話をかけたカーアドバイザーの尾崎順平から得た証言と似たり寄ったり。

ただ、捜査本部が考えていた以上に計画的な犯行だったことはわかった。③⑤⑥⑦⑧のうち、⑤と⑦以外のメッセンジャーは②の電話がかかってくる数日前に犯人から伝言を預かっていた。

つまり、日野夫妻が何をしようとも、警察がどう動こうとも、犯人の想定していなかった事態が起ころうとも、伝言の内容に変化はないのだ。メッセンジャーたちは各々に課せられたタスクを忠実に遂行する。指定された日時に電話をかけ、指令を告げることは決定事項だった。

何から何まで前もって決められていた。身代金を用意する猶予も、亜乃の失踪も、ラブホテルへの誘導も、警察の連中をバルコニーに出すことも、運び役の変更も。全て犯行計画にきっちり盛り込まれていて、犯人は筋書き通りに事を進めたのだ。

令子さんを目的のラブホテルへ導くのはそう難しくない。自宅からホテルまでの所要時間は簡単に調べがつくし、ルートと出発時間は『最寄りの国道を北進しろ』『五分以内に家を出ろ』と命じることで定められる。あとは、彼女の車がホテルに近付いた頃合いに、メッセンジャーが『最寄りのラブホテルに入れ』と伝えるよう手筈《てはず》を整えておけばいい。

しかし亜乃の失踪は容易じゃない。多くの捜査員が「どうして自宅から攫うことを計画したんだ？」「はなから誘拐する気だったのなら、下校時に狙う方がずっと手っ取り早い」「刑事が待機中の家から連れ去るなんて、警察への挑戦か？」などと首を捻っている。

あまりにも不可解なので、中には「突発的な誘拐だったんじゃ？」「インスタに不用意なコメントを投稿したことが引き金になって、力を誇示したくなったのかもしれない」「犯人は『俺を欺こうとした愚か者には、然るべき罰を与える』と明言したじゃないか」と唱える者もいる。

クマさんは「一理あるな」と一定の理解を示したけれど、『然るべき罰を与える』はそれらしいことを言ったに過ぎない。もし拓真さんが犯人への要望をインスタグラムに投稿していなかったら、『警察に通報したせいで罰を受けた』と適当な解釈をつけただろう。どうとでもこじつけられる。

また、突発的な誘拐だと辻褄《つじつま》の合わないことが出てくる。何故、犯人は警察の介入後に二人のメッセンジャーを仕立て上げたのか？　『日野令子が身代金の運び役になれ。ミニクーパーで最寄りの国道を北進しろ』や『日野令子がいるラブホテルへ行け。二〇二号室で夫婦一緒に待機しろ』などは、介入前にメッセンジャーに預けても問題ない。警察が捜査を始める前に仕立て上げる方が安全なのに、どうして？

その疑問に『突発的な誘拐』派は論理的な答えを出せなかった。だから「最初から日野亜乃の拉致は計画に含まれていた。攫ったあとに、娘が生きていることや、娘のお気に入りのグッズの運搬を日野夫妻に伝えなければならないので、そのついでに両親への指示も送ることにしたのだ」と見なされた。

犯人からしたら、メッセンジャーの数は少ないに越したことはない。一人を脅して屈服させるのでさえ相当な労力を費やす。その上、相手が素直に従うどころか、却《かえ》って牙を剝くリスクが伴う。現に、一件だけ伝言の強要を突っ撥《ぱ》ねた男性から通報があった。

その人は悪戯電話だと思ってすぐに電話を切ったのだが、あとあとになってから『あれって最近話題になってる誘拐の迷惑電話か？』と気になり、万一のために警察に報せたのだった。

おそらく犯人は言いなりにならなかったり、電話が繫がらなかったりした場合を想定し、メッセンジャーの候補を何人も用意していたはずだ。だが、犯人と彼らとの繫がりは不透明だ。何を基準に人選し、どうやって子供の個人情報を得たのか？

犯人が使った公衆電話周辺の捜査も停滞している。聞き込みは空振りばかりで、どの防犯カメラにも不審な人物や車は映っていなかった。犯人はメッセンジャーたちと違って細心の注意を払っていた。防犯カメラが設置された家の前や通りを避けて移動し、人通りの少ないところにある電話ボックスを利用したのだ。

犯人からの連絡は依然として途絶えたまま。捜査本部の見解は二つに分かれている。一つは「捜査員が日野亜乃の救助に奔走したことで、川岸に潜んでいた犯人は警察の尾行に気付き、交渉の窓口を閉じてしまった」だ。もう一つは「犯人は日野親子が溺れている姿を見て良心の呵責を感じ、身代金を諦めた」で、後者を推す声の方が若干多い。

どちらにせよ、誰もが「このまま連絡がないと、迷宮入りしかねない」というプレッシャーをひしひしと感じていた。一向に事件解明の糸口を摑めない現状に、捜査員たちは焦燥感を募らせている。疲労感も漂い始め、重苦しい空気が蔓延《まんえん》していく。

そんな中でクマさんだけは普段通りに軽口を叩きながら潑剌《はつらつ》と捜査に当たっている。みんなの士気が下がらないよう意図的に道化を演じているのだろう。

「びっくりするほど男前が上がったから、誰だかわからなかったか？」とクマさんは言って助手席に乗り込んだ。

「髭、どうしたんですか？」

署で入れ違いになり、彼から『すまん。ちょっと時間があると思って、昼飯を買いに行っちまった。今、戻ってるところ』と連絡を受けた。仕方なく車で拾いに向かったのだが、髭をごっそり剃り落としていたので気がつくのが遅れて通り過ぎてしまった。

「印象をよくしたくてさ。ビンビン清潔感が出てるだろ？」

「それなりに」

「つれないな」と言いつつシートベルトを締めた。

「収穫はあったんですか？」

「バッチリだ。やっぱり男がいた。奥さんの友人から『三年くらい前まで不倫してた』って証言を得た。かなり入れ込んでいたらしい」

「男の身元は？」

「詳しい素性までは知らないってさ」

「じゃ、本人に訊きに行きますか？」

「ああ。亜乃ちゃんの病院へ行ってくれ」

「了解」と私は返事し、アクセルを強く踏んで勢いよく発車させた。

　亜乃は父親の訃報を知ったあと、体調を崩した。食事が喉を通らず、無理に詰め込んでも戻してしまう。みるみる衰弱していく娘の看病のため、母親は病院に泊まり込んでいる。

「三年くらい前ってことは、啓太くんが行方不明になった頃と重なりそうですね」

「たまたまの一致か、それとも何かあったか？」とクマさんは言ってコンビニのレジ袋からレーズンパンを出した。「啓太くんは不倫相手との間にできた子なのかもな」

「可能性はあると思います。拓真さんとあまり似ていないですし」

「母親とも顔のつくりが違うし、どっちの血縁にも啓太くんに似た人はいなかった」

　そう言うと、大口を開けてパンに齧《かじ》りついた。

「不倫していたことは拓真さんにバレなかったんですか？」

「わからん。でも禁断の愛を成就させられない証拠は掴んだ。奥さんの両親が経営しているパン屋が傾きかけたことがあったんだけど、そのピンチを旦那さんが救っていた。借金を肩代わりし、イタリア料理に合うパンの開発に協力した。自分の店に卸しただけじゃなく、知り合いの店に頼んで納入先をきっちり確保した」

両親にとっては大恩人であり、ビジネスパートナーでもあるから、令子さんは離婚できなかったのか。

「その話だけ聞くと、頼もしい旦那さんに思えますね」

「奥さんの目には『両親の店を子会社化し、乗っ取ろうとしてる』って映ったらしい。夫婦の間でしかわからないことがあるんだろうけど、とにかく離婚の障害はお金だった。要は、両親の老後の面倒を見られる大金さえ手に入れれば、不倫相手と一緒になれたってことだ」

クマさんは早い段階から『身内による犯行かもな』と日野夫妻を被疑者リストに入れていた。実行役の共犯者がいれば、警察の監視下に置かれることを苦にしない。土地鑑のある彼らなら入念な下調べをすることなく犯行をスムーズに行える。更に、警察の介入を察知されたことも合点がいく。

亜乃が失踪した時も、クマさんは『共犯者から支給された携帯電話を隠し持っていれば、内部から手引きするのは造作もない。俺たちの動きは筒抜け。家の間取りを熟知。亜乃ちゃんに睡眠薬を盛ることも可能。身内が一枚噛んでいる見込みが高いぞ』と彼らに疑いの目を向けた。

そしてラブホテルの一件で令子さんへの疑惑を深めた。根拠は『旦那さんに身代金の受け渡し場所を指示できるのは奥さんしかいない』だ。ラブホテルの駐車場に潜入した捜査員の話によると、拓真さんはアタッシュケースを載せ換えたあと、ランドクルーザーの運転席で手元を凝視していた。何かを読んでいるような様子だったらしい。

だけど彼のスマホに犯人からのメールやLINEは届いていない。削除した痕跡もない。ラブホテルのエレベーターや廊下に設置された防犯カメラにも、拓真さんが誰かからメモを渡されたり何かを拾ったりしたところは映っていなかった。

手元を凝視したあと、彼は車を降りて自分のスマホを地面に置いた。犯人から指示されたに違いないが、その行為から『指示を受け取ったのは乗車後』と推測できる。それ以前だったら車に乗る前にスマホを放置したはずだ。

犯人は日野拓真が二〇二号室で待機している間に、どうにかして捜査員の監視の目を掻い潜《くぐ》って半ドア状態のランドクルーザーに近付き、車内にメモを置いた。そして車内や日野拓真の衣服からメモが出てこないのは、犯人に『メモを川に捨てろ』と指示されたからだろう。そう見なされたが、利用客と従業員を一人ずつ取り調べ、ホテル内を隅々まで捜索しても犯人は見つからなかった。

捜査員たちが『どこへ消えた？』『初めからホテルにいなかったのか？』『別の方法で指示を？』と困惑する中、クマさんが『奥さんは折り畳みナイフと一緒にメモを渡したんじゃないか？　車の中で読んでって言って』と仮定した。

『奥さんが犯人なら、盗聴器も盗撮カメラも、何も仕掛けられていなかったラブホの部屋に夫婦を待機させたことも納得がいく。旦那さんにこっそりメモを渡すことが目的だったんだ。俺たちをバルコニーに出したのも、余計な邪魔が入らないようにするためだ』

破綻のない推理だったけれど、令子さんが犯行に関与したことを立証するには共犯者の存在を突き止めなければならない。だから総動員で彼女の交友関係を洗い直している。私も今日の午前は亜乃が通う小学校へ聞き込みに行った。

「そっちの収穫は？」とクマさんはレーズンパンを咀嚼しながら訊ねる。

「目ぼしい情報は何も。令子さんと接点のあった先生たちにはアリバイを確かめましたが、裏が取れない人はいませんでした」

眼前の横断歩道を二人乗りの自転車が通った。私が軽くクラクションを鳴らすと、荷台に跨《また》がっていた女子高生が私を睨みつける。とりあえず、人相をしっかり記憶しておいた。

「啓太くんの担任だった先生も？」

「はい。シロでした」

「そう簡単に点と点は結びつかないか」

どうやらクマさんは昼ドラみたいなふしだらな男女関係を期待していたようだ。

「ただ、令子さんは啓太くんの担任には頻繁に電話して、学校での息子の様子をあれこれ訊いていたそうです。でも亜乃ちゃんの担任からはそういう話は出てきませんでした」

「親は異性の子の方を可愛がるって話はよく聞くけど、不倫相手の子だから思い入れが強いのかもな」

信号が青に変わり、私はそろりと発進させた。

「そうですね」

「益々臭ってきたな」と言って鼻をクンクン鳴らした。

クマさんはきな臭さを嗅ぎ取ることができる。なんとも羨ましい直感力だ。以前、習得のコツを訊いたら『経験の差だよ。十年近く刑事やってれば、嫌でも身につく』と返ってきたので、地道に場数を踏んでいく他ない。

「私の鼻は何も感じませんが、啓太くんへの過保護ぶりは目に余るものがあったそうです」

「あの母親なら母性が暴走して『本当の父親のもとで暮らすのが啓太にとって一番の

幸せ』っていう情念に取り憑《つ》かれても、なんらおかしくない」

令子さんが犯人だと仮定すると、必然的に二年半前の日野啓太の失踪にも関わっているこ とになる。彼女が息子をどこかに匿っていなければ誘拐事件は起こせない。

「クマさんは『令子さんが不倫相手と共謀して意図的にカヤックを転覆させた』と考えていますか?」

「偶然の事故に便乗したのかもしれん。啓太くんを自力で救助した時に『夫は意識を失ってる。目撃者は誰もいない。今なら息子を行方不明にできるんじゃ?』って魔が差した可能性もある。ともかく、奥さんは『パパが命を狙ってるから逃げて』とかなんとか言って啓太くんを洗脳し、不倫相手の家に匿ったんだよ。あり得ない話じゃないだろ」

「そうですね」

「本当にそう思うか?」と訊いて私の横顔をまじまじと見つめる。

「思いますよ」

「なんか白々しいんだよな。腹に何か隠してないか? まさか、また手柄を掻っ攫う気じゃないだろうな?」

「今回は遠慮しておきます。私の出る幕はなさそうなので」

「とか言って、裏でこそこそ嗅ぎ回ってんじゃないのか?」

「何も企《たく》んでいませんよ」

「どうだか？」

　手柄を横取りする気など一撮《ひとつま》みもない。あらぬ疑いを払拭すべく「ただ、子供たちのお気に入りのグッズのことが少し引っかかっています。捜査方針では『犯人は警察を引っ掻き回す目的でグッズの運搬を要求した』ということになりましたが、陽動作戦にしてはリスクが高すぎると思いませんか？」と協力的な姿勢を見せた。

「かなりリスキーではあるな。犯人は亜乃ちゃんを攫ったあと、お気に入りのグッズを訊き出し、それから警察が公衆電話へのマークを厳しくしている中で、メッセンジャーに指示を伝えた。そんなリスクを冒してまで陽動作戦を行うのは腑《ふ》に落ちないって思うのはもっともなことだ。でもな、流されたワンピースの意図が攪乱以外にあるか？」

　下流で亜乃のパジャマのズボンとワンピースが発見された。流されている途中で衣服が脱げることはよくある。だが、ワンピースは着ていなかったので、捜査に混乱を生じさせた。クマさんも最初は『旦那さんの意思で川に流すはずはない。犯人の指示なんだろうが、なんのために？』と戸惑っていた。

　暗視機能付きの双眼鏡で監視していた捜査員の話では、『俺たちが到着した時には、父親はワンピースらしきものは持っていなかった』そうだ。だから『日野拓真は車を降りたあと、すぐにワンピースを川に投棄した』と見なされた。

そして未使用の服が事件のキーポイントになるとは考えにくいので、『犯人の陽動作戦に違いない』という見解に落ち着いた。他のグッズについても、犯人が子供たちに渡す気も自分のものにする気もなかったことから、『お気に入りのグッズに事件を解明する鍵は隠されていない。捜査を惑わすために要求しただけだ』と結論づけられた。

「私も攪乱以外の意図は考えつきません。すみません。『ちょっと気になるな』くらいのことなので、忘れてください。大体、刑事がいる家から子供を連れ去る犯人なんだから、リスクなんてお構いなしですよね」

「ああ。リスク度外視で大胆なことをしやがる奴だ」とクマさんは苦虫を嚙み潰したような顔で言った。「でも一方では石橋を叩いて渡るほどの用心深さも持っている。両極端な二面性があるから、読めん」

「ですね」

「本件に関しては、セオリーや整合性の有無に囚われすぎない方がいいと思う。犯人はわけがわからんことばかりした。自宅からの誘拐、二〇二号室への固執、娘とのデートに相応しい格好の強要、子供たちのグッズの運搬、流されたワンピース。それらに『何か深い意図があるんじゃ？』って探っている間に、後手に回ることになった。

だからあまり考えすぎるな。真実を見誤るぞ」

「確かに、こうやって犯人の意味ありげな行為について議論していること自体が、向こうの思う壺《つぼ》なのかもしれませんね」

「ああ。大事なのは広い視野を持って、どれが根幹なのか見分けることだ。枝葉に振り回されるな」

「振り回されないよう気をつけます」と私は殊勝な言葉を口にする。

「他に気になることはないか？」

「いえ、特に」

「本当か？　なんか気味が悪いぞ。いつもは容赦なく揚げ足をとるじゃないか。さっきだって、俺の『魔が差した』や『洗脳』に一言もケチをつけなかった。らしくない。やっぱ、もう犯人の尻尾を摑んでいるのか？」

「啓太くんの失踪については、ひどく入り組んだ案件なのでまだ考えが纏まっていないんです」

「纏まりに欠けていていいから、腑に落ちないことは言ってくれ。じゃないと、なんか不気味で落ち着かん」

「わかりました」と彼のしつこさに折れ、矛盾点を指摘する。「せっかく死んだことにしたのに、どうして令子さんたちは今になって啓太くんの生存を公にしたのでしょう？　二年半前の隠蔽工作が台無しです。そもそも、金銭が目当ての誘拐なら人質は亜乃ちゃんだけで事足ります。しかも、効率が悪すぎる。不倫相手が下校中の亜乃ちゃんを攫って身代金を要求する電話をかけるだけでいい。また、『警察に通報するな』と脅せば内々で済ませられるのに、何故か警察の介入を許し……」

ハッとなって途中で口を噤《つぐ》む。つい普段の調子で好き放題に論《あげつら》ってしまった。

「すみません。セオリーや整合性の有無に囚われるなって忠告されたばかりなのに」

「いやいや、『囚われすぎ』はよくないけど、セオリーに沿うのは基本だし、整合性がとれているかどうかは大事だ。ヒナの切れ味のいい意見はためになるから、遠慮しないでバンバン突っ込んでくれ」

「そう言ってもらえると助かります」

クマさんはストローを咥《くわ》え、不快な音を立ててパックの野菜ジュースを飲み干した。そして「奥さんが啓太くんの将来を憂えたってのはどうだ？」と投げかける。

「将来？」

「死んだことになった啓太くんが普通の社会生活を送るには、名前を変えて別人として生きていくしかない。けど無理があるだろ。奥さんは無戸籍とかのことが不安になって、生存を公にする機会を窺っていたんだよ。誘拐事件を装えば金も手に入って一石二鳥だ」

「それなら効率的ですね」

「内々に済ませなかった件は、口止めしようとしても旦那さんが従わない可能性があった。子供たちの解放後に通報する可能性も。なら、最初から警察が介入することを踏まえた計画を立てる方が安全だ。奥さんにとっては『ずっと警察と一緒にいる私が犯人のわけがないでしょ』っていうアピールにもなる」

「納得できる推理ですね」

「本心から思ってるか？」

　また私に疑《うたぐ》り深い視線を突き刺してくる。

「細かいことを言い出したらきりがありませんよ。それこそ『セオリーや整合性の有無に囚われすぎ』になってしまいます。さっきクマさんが言ったように、今回の事件は広い視野を持つことが肝心だと思います。大枠をしっかり見定めることができれば、細部は尋問で炙《あぶ》り出していけます」

「ヒナが考えている大枠は？」

「クマさんと同じですよ。どの方面から推理しても、『身内と共犯者による犯行』しかあり得ません」

「なら、いいけど」と言って顎を擦る。「鬚がないとなんだかそわそわするな。そのせいか、妙な胸騒ぎがするんだよな」

「まだ手柄の横取りを心配しているんですか？」

「どこがどういうわけじゃないんだが、ヒナの言動に何かしっくりしないものを感じる。高みの見物のような、全てを見透かしているような、周回遅れのランナーを憐《あわ》れんでいるような、そんな印象を受けるんだ」

本当にしつこい。さすがにげんなりしてくる。でもこのねちっこさが彼の持ち味だ。普段はおっとりしているのに、捜査となると執念深い。一度狙いを定めたら地の果てまで犯人を追い続ける。正しく、狙った獲物をとことん追跡するヒグマのよう。

「それで『ヒナはとっくに真相に辿《たど》り着いていて、俺の周回遅れの推理を小馬鹿にしているんだ』というような情けない妄想を膨らませているんですね？」

「まあ、そんなところだ」

「クマさんが私の後塵を拝したのなんて、たったの二回ですよ。それなのに被害妄想が甚だしくないですか？」

「言ってくれるな。まあ、ちょっとは被害者意識があるのは否定できないけど……」と認めながら鼻をクンクンさせた。「でもな、なんか臭うんだよ」

その仕草が腹を空かせた熊を連想させ、背筋がひやりとする。ヒグマは警察犬の何倍も嗅覚が鋭い。一度臭いを覚えられたら最後だ。

「一応、言い訳しておきますけど、周回遅れだなんて思っていません。クマさんの見解に対して積極的な反論も消極的な支持もできないのは、判断しかねる点が多いからです」と私は言葉を慎重に選んで取り繕った。「ただ、啓太くんの失踪については、『クマさんの推理通りであってほしい』とは思います。不倫相手が匿っているといいです」

　動機がなんであれ、啓太くんを死んだと見せかけて匿っていたのならば、彼はこの世にいることになる。

「俺もそう願うけど、やっぱりおかしい。ヒナ、どうかしたか？」

「どうもしませんよ。単に、子供が辛《つら》い思いをする事故や事件が嫌いなんです」

「けど、捜査に個人的な感情を挟むなんてらしくない」

「まるで長年コンビを組んだ相棒みたいな口振りですね」

「手厳しいな」と苦笑いを浮かべた。「けどさ、これでも、今まで色んな人間の裏側を見てきたんだ。だからヒナが大きなものを背負って刑事をやってることくらいはわかる」

「警察は法の番人です。重い責任を背負って務めるのは当たり前のことじゃないですか？」

　今度は寂しそうな表情に変わった。

「話し相手がほしくなった時はいつでも声をかけてくれ」

彼の優しさがじんわりと胸に迫ってきたけれど、「クマさんに悩み相談をすることこそ、『ヒナらしくない』ですよ」と皮肉を言ってやり過ごす。

彼が見破った通り、私は大きなものを抱えている。誰にも話したことがない秘密だ。私も子供の頃に誘拐されたことがある。私の親は警察に通報しなかった。犯人の要求に従って八百万円を払い、内々に済ませたのだ。

父の手によって拘束を解かれた私は「真理恵《まりえ》ちゃんは？」と訊ねた。一緒に遊んでいた友達はどこ？ 父は「このことは誰にも喋るんじゃないぞ」と口止めするだけで答えてくれなかった。

翌朝のニュースで真理恵ちゃんが亡くなったことを知った。我が家から十キロくらい離れたところにあるダム湖で見つかったのだ。顔には殴られたような痕があり、服や下着は何も身に着けていなかった。警察はなんらかの事件に巻き込まれたものと見て捜査している。

「警察に言わなくちゃ。私の知ってることを……」

「駄目だ」と父は厳しい口調で私の発言を制した。

「どうして？ 私が話せば、犯人を捕まえられるかもしれないんだよ」

「犯人と『何も話さない』って約束したんだ。破ったら家族みんなが恐ろしい罰を受ける」

　十二歳の子供でも父の言う『約束』がどういうものなのか察しはついた。私を助けるために犯人と取り引きしたのだろう。

「警察に守ってもらえばいいじゃん」

「無理だ。犯人の方が警察よりも大きな力を持っているから。だけど昨日のことを黙っていれば、みんな安心して暮らせる。そういう約束なんだ。秘密にしていれば平気だ」

「でも……」と言いかけたら、母が口を挟んだ。

「大人になればわかることなの。全部ちゃんと理解できるようになるから、それまでは昨日のことは忘れる。なかったことにして今まで通りの生活を送る。いい？」

　子供にはわからないこと。そう言われたら何も言えない。

「はい」と私は渋々頷いた。

　だけど、本当？　大人になったら、本当に全部わかるんだろうか。どうして私たちが襲われたの？　私の方が生き残った理由は？　なんで犯人は真理恵ちゃんを殺したの？　犯人はどんな人？

　私は収まりの悪い気持ちを抱えながらも、親の言う通り何事もなかったかのように振る舞った。あの日のことは一言も口にしなかった。警察に真理恵ちゃんのことを訊ねられた時は、「その日は一緒に遊んでいません」と嘘をついた。本当は二人で空き家に忍び込んでいたのに。

一年前に、隣町から引っ越してきた真理恵ちゃんはすぐにクラスの人気者になった。私も慕っていたから、彼女に「前の家の庭に埋めた宝箱を取りに行きたいの。手伝ってほしい」と頼られて嬉しかった。更に「もう売っちゃった家の敷地にこっそり入るから、このことは二人だけの秘密ね」という言葉が私を優越感に浸らせた。無断で入っちゃいけないことはわかっていた。宝箱を掘り起こす理由が「クラスに馴染めないでいる妹を元気づけるため」でも、悪い行いであることに変わりはない。だけどあの真理恵ちゃんが私をパートナーに選んでくれた。すっかり舞い上がり、罪の意識はどこかへ行っていた。

次の土曜、私は母に嘘の行き先を告げて家を出た。ふわふわした夢見心地の状態がずっと続いていて、良いことと悪いことの区別がつかなくなっていた。真理恵ちゃんが「掘るのは暗くなってから。それまで家ん中で待ってよう」と提案した時も、疾《やま》しさを全く感じなかった。彼女に嫌悪感を抱くこともなかった。

むしろ、『しれっと合鍵を隠し持っていたなんて、すごい！』と感激した。彼女は内気で行動力に乏しい私とは大違い。度胸も悪戯心も兼ね備えている。まるで月と鼈《すっぽん》だ。真理恵ちゃんみたいになりたい、と密《ひそ》かに憧れていた。

彼女は会話も上手で、がらんとしたリビングで家族の思い出話を面白おかしく聞かせてくれた。気配りもできる子なのでお菓子とお茶を持ってきていて、「今日のお礼に」とご馳走《ちそう》してくれた。楽しい時間を過ごしていたはずなのに、私はいつの間にか意識を失っていた。

気がつくと、後頭部がズキズキと痛んだ。いつぶつけたんだろ？　すごく痛い。血が出ていないか確かめたかったけれど、手足を縛られていた。目と口にも何かが巻きつけられていたから、状況を理解することも助けを呼ぶこともできない。

近くに人の気配は感じられない。真理恵ちゃんはどこ？　まさか、私を置いて逃げたんじゃ？　ひどいよ。言い出しっぺは私じゃないのに。真理恵ちゃんが誘わなかったら、こんな恐ろしい目に遭わなかった。

拘束されていた時の私は絶望的な恐怖から彼女の身を少しも案じられなかった。それどころか恨みをぶつけていた。ひょっとしたら、真理恵ちゃんは私の身代わりになってくれたのかもしれない。みんなが嫌がることを率先して引き受ける子でもあったから。

ふと、『宝箱を掘り出して彼女の妹に渡そう』と思い立つ。真理恵ちゃんが果たせなかったことを代わりに行えば、彼女の無念が少しは晴れるかも。だけど庭のどこに埋められているかは知らない。庭中を掘り起こすわけにはいかないので、妹の千里《ちさと》ちゃんに立ち会ってもらおう。

私は『前に、真理恵ちゃんが妹と宝箱を開けたがっていた』という作り話を用意し、昼休みに五年生のクラスがある三階へ向かった。千里ちゃんは窓際の席に一人でぽつんと座っていた。

「千里ちゃん」と呼びかけて教室に入って行く。「お姉ちゃんと一緒に埋めた宝箱のことなんだけど……」

突然、彼女は席を立ち、駆け出した。教室を飛び出してものすごい勢いで廊下を走っていく。わけがわからなかったけれど、あとを追った。

「待って、千里ちゃん」

でも止まらない。彼女は女子トイレに駆け込んだ。私も続くと、千里ちゃんが窓枠に片足をかけて外へ身を乗り出そうとしていた。慌てて彼女の腰に飛びつく。

摑まえることはできたが、千里ちゃんの体はほとんど宙に飛び出していた。重くて私の方が引っ張られる。もう無理だ。諦めかけた時、背後から次々に手が伸びてきた。トイレにいた子たちが協力してくれたのだ。

四人がかりで引っ張り上げると、私は泣き喚く千里ちゃんを人気のない体育館の裏へ連れて行った。先生に任せなかったのは、彼女の泣き声に「お姉ちゃん、ごめん」が交じっていたからだ。

私は千里ちゃんの気持ちが落ち着くのを待ってから「どうして死のうとしたの？」と事情を訊いた。だけど答えない。

「大丈夫よ。私は千里ちゃんの味方。絶対に秘密を漏らさないって約束する」

「私を逮捕するつもりじゃないの？」

誤解して教室から逃げ出したのか。やっぱり彼女は何か悪いことをしたんだ。死んで詫びなくちゃならないほどのことを。

「千里ちゃんはお姉ちゃんが亡くなった理由を知ってるんだよね？」

「うん。全部お姉ちゃんが考えたことなの」と弱々しい声で打ち明けた。

引っ越し前から怖い顔をしたおじさんたちが真理恵ちゃんたちの家に押しかけてくることが度々あった。親が何も説明しなくても、借金の取り立てであることは子供にも察せられた。

ある夜、両親の言い争う声に千里ちゃんは目を覚ます。忍び足で近付いて様子を窺うと、「夜逃げしよう」「捕まったらみんな売り飛ばされちまうぞ」「なら、マリかチサを差し出すしかないじゃない」「できるかっ！」「じゃ、どうすんの？」「もう一度親戚を回ってみる」「もう無理よ。六百万よ」「まだ二週間ある」「用意できなかったら？」「その時は、みんなで死のう」という会話を耳にした。

千里ちゃんは立ち聞きした話を姉に泣きながら伝えた。すると、真理恵ちゃんは「大丈夫。怖がりのお父さんに死ぬ勇気なんてないし、借金の形に差し出されるんだとしたら、長女の私だよ」と慰めた。

そして二日後に「体を売るなんて死んでも嫌だから、手伝って」と誘拐計画を持ちかけた。ターゲットに選ばれたのは同じクラスの金持ちの子、開業医の父を持つ私だ。

真理恵ちゃんは言葉巧みに私を空き家に誘い出し、母親からくすねた睡眠薬をお茶に盛った。それから、私が『急に眠くなったのはお茶のせい？』と疑わないよう、水筒で後頭部を叩いてたんこぶを作り、二階に隠れていた千里ちゃんと協力して私を縛り上げた。

千里ちゃんは姉の手足も縛り、躊躇いながらも姉の横っツラを水筒で殴った。口の端が切れて出血すると、私の携帯電話を使って姉と私のツーショット写真を撮った。すぐにメールに添付して私の両親に送る。

〈お宅の娘と友達を誘拐したが、本気度を伝えるために片方を生贄《いけにえ》にすることにした。殺してもいい方を選べ。娘？　友達？　制限時間は三分。タイムオーバーと無回答と警察への通報は『娘を殺してもいい』と見なす。ちなみに、同じ内容のメールをこの友達の両親にも同時に送信している。早く答えた人の選択を尊重する。〉

返信を待っている間、真理恵ちゃんは水を張ったバケツに頭を突っ込み、後ろ手を組んだまま土下座するようなポーズをした。その姿と私の寝顔を千里ちゃんが撮影した。

私の両親はどちらも一分以内に〈友達。〉と返した。しょうがないことだったのだろう。真理恵ちゃんの殴打された顔を見れば悪戯とは思えないし、どこの親だって自分の子供が一番可愛いに決まっている。

千里ちゃんは姉の指示に沿って〈君たちが選択した通り、娘は生かした。無事に返してほしければ、八百万円を用意しろ。猶予は二時間。ちなみに、友達の親にもメールしたっていうのは嘘だ。だから素知らぬ顔で葬儀に参列するといい。では、二時間後に連絡する。〉とメールを打ち、バケツで溺死させたように見せかけた画像を添付した。

その後、二人は私に目隠しと猿轡《さるぐつわ》を施してから空き家を出た。妹は私の携帯電話を持って自宅に帰り、テレビの前で女児の痛ましいニュースが流れるのを待った。

姉はマスクで口元を隠してダム湖へ向かった。自転車を一時間半ほど漕《こ》ぎ、湖畔の公衆電話で「人が浮いている」と通報する。そして防犯登録から身元が割れないよう自転車を湖に投棄し、変質者の仕業だと思わせるために全裸になって身を投げた。

十九時過ぎに、テレビがダム湖で女児の水死体が発見されたニュースを報じた。帰りの遅い娘を心配した母親が「マリじゃないよね？」と呟《つぶや》くと、千里ちゃんは「ない、ない。女の子らしさに欠けたお姉ちゃんのことなんか誰も狙わないよ。どうせ、公園で男子たちとサッカーでもやってんだよ」と惚《とぼ》けた。

身元が判明して警察が家にやって来たら、千里ちゃんは自由に動けなくなる。身代金を手に入れるまでは、親に『もしかしたらうちの娘かもしれません』と通報させてはならなかった。

千里ちゃんはトイレの中でメールを作成する。初めに〈ニュースを観たか？　こちらの言う通りにすれば、君たちの娘はテレビに出ることはない。〉と脅してから、身代金の受け渡し方法を打ち込んだ。

私の両親の頭の片隅には、心のどこかには、『本当は、友達は死んでいないんじゃ？』という一縷《いちる》の望みがあったに違いない。でも真理恵ちゃんがテレビを介して絶望を突きつけた。

娘の命を守るためだったとはいえ、自分たちの選択で他所《よそ》の子供が亡くなった。殺人の片棒を担いだようなものだ。責任を感じずにはいられないが、どうにもならない罪悪感と同時に誰にも知られたくない気持ちが働く。謝っても済まないことは黙っていたい。そう思うのは大人も一緒なのだろう。

もう引き返すことができない私の両親は犯人の指示に従うしかなかった。近所の公園に行き、ごみ箱に八百万円の入った袋を押し込み、余計なことは何もしないでまっすぐ家に戻った。

その様子を千里ちゃんは茂みから窺っていた。私の父の姿が見えなくなると、ごみ箱から八百万円を取り出し、私の居場所をメールで報せた。それから公園の池に携帯電話を投げ入れ、家に帰って「お姉ちゃんが行きそうなところを回ってみたけど、どこにもいなかった」と母親に告げた。

そして三日後に「知らない人が『お父さんに』って」と言って、父親に七百万円を渡した。返済額ぴったりだと怪しまれるので百万円を上乗せした。残りの百万円は千里ちゃんのものだ。彼女の分け前ではなく、真理恵ちゃんが『困った時に使って』と託した遺産だ。

空き家を出る直前には、遺言を伝えていた。

『チサは美人なんだからお金持ちと結婚するんだよ。そうしたら、私はチサの子に生まれ変わる。だから、それまでバイバイ』

きっと真理恵ちゃんは妹に前を向いて生きる希望を与えようとしたんだ。何から何までそつがない。私と同い年の子が大人たちを手玉に取る計画を練り上げ、一言も弱音を吐かずにやり遂げるなんて。世界が引っ繰り返ったような衝撃を受けた。

私には逆立ちしてもできない。何歳になっても不可能だろう。でももう驚かない。誰が何をしようとも、世界がどうなろうとも、すんなりと受け入れられる。真理恵ちゃんが遺したショックによって私の先入観は砕け散ったのだった。

チャイムが鳴り始めたけれど、それがなんの合図なのか理解するのに時間がかかった。千里ちゃんの耳には届いていないのか、気にせずに話を続ける。

「私が死ねばよかった。死ぬべきだった。私、バカだし、臆病だし、なんにもできないから」

真理恵ちゃんの唯一の誤算は、妹の繊細さだ。彼女が考えていたよりもずっと神経が細かった。千里ちゃんは日に日に膨らんでいく罪悪感に呑み込まれてしまったのだ。

「真理恵ちゃんのニュースを観た時、私も『自分の方が死ぬべきだった』って思ったよ。私はクラスで必要のない人間だし、生きていても世の中に貢献できそうにないから」と彼女に同調した。「今でも『代わってあげたい』って思う。でもできない。亡くなった命は戻ってこない。だから、千里ちゃん、二人で生きよう」

「二人で？」

「うん。一人じゃくじけることも、二人でなら支え合って乗り越えられるでしょ」

「なんで？」と彼女が怯えた目で私を見る。「騙《だま》してお金を盗《と》ったのに。頭をぶったし、怖い思いもさせた」

「すっごく痛かったし、涙が出なくなるくらい怖かったけど、それくらいのことじゃ真理恵ちゃんの死と全然釣り合わない。ちっとも怒ってないから、友達の遺志を継ぎたいの。真理恵ちゃんは千里ちゃんが普通に暮らせることを願って命を捧げた。その願いを叶《かな》えるのが友達としての義務だと思うの」

大の親友ではなかった。仲良しグループのリーダー格とおまけ。彼女は月で、私は鼈。そう思っていたけれど、真理恵ちゃんは開業医の子である私を羨んでいた。最期に『お金持ちの子に生まれ変わりたい』と望んでこの世を去った。あの遺言には本心も含まれていた気がする。

私は自分の家が恵まれている方なのは知っていたが、そのことについてなんとも思っていなかった。父に『親の仕事や家の大きさで友達を比べちゃいけない』と教わったこともあって、どんな家の子とも仲良くした。お金持ちの子かどうかなんて気にしたことがなかった。

でもそれこそ恵まれた子の証《あかし》だった。気にしないでいい側にいるのは、いつだって余裕のある人たちだ。勉強やスポーツと同じ。得意にしている子は引け目を感じない。見た目のいい子もそうじゃない子のコンプレックスがわからない。虐《いじ》めっ子はやられる方の痛みを知らない。私も気にする側の気持ちに無頓着だった。

何気なく使う携帯電話。サイズのぴったり合った服。オチのない海外旅行の思い出話。誕生日やクリスマスに貰《もら》ったプレゼント。お年玉の総額などなど。ひけらかす気など少しもなかったけれど、それらについて真理恵ちゃんはどう思っていたんだろう？　私は知らず知らずのうちに彼女を刺激していたのかもしれない。

無自覚だったことが恥ずかしくてしょうがない。自分が自分であることにどうしようもない後ろめたさを感じる。存在しているだけで罪。お金持ちの子に生まれてきてごめんなさい。私は自分の罪を償うために千里ちゃんを支えることを決心したのだ。

「千里ちゃん」と呼びかけて彼女の右手を両手で包み込む。「一緒に頑張ろう。真理恵ちゃんの犠牲を無駄にしちゃ駄目だよ」

彼女は何も言わずに左手を重ねた。


クマさんが「じゃ、おやすみ。良い夢を」と言って車を降り、駐車場を突っ切って病院の正面玄関へ向かった。令子さんに『二度とその顔を見せないで！』と怒鳴られた私は事情聴取に同席できないので、車に残った。彼女は亜乃ちゃんの具合が悪くなった原因を『あなたが私に嘘をつかせたせいよ』と決めつけた。

犯人の情報をスムーズに訊き出すために父親の死を伏せさせたから、娘は事実を知った時に甚大な精神的ダメージを受けてしまった。父を亡くした喪失感と大人への不信感が生きる活力を奪い去った。それに加えて、根掘り葉掘り訊かれたことで誘拐時の恐怖が蘇《よみがえ》り、重いトラウマを背負う羽目になった。そのようなお叱りを延々と聞かされた。

クマさんは『奥さんはヒナを警戒して遠ざけたのかもな。俺が犯人だったら、切れ者のヒナとは顔を合わせたくない。なんであれ、旦那さんの死を隠したのは正しい判断だ。最初に正直に告げても、亜乃ちゃんがショックで何も話せない状態になっていた可能性があった。気にするな。俺が戻ってくるまで駐車場で仮眠でもとってろ』と励ましてくれたが、寝てなどいられない。是非はともかく、あの子の苦しみを和らげられるのは自分しかいない。

私は車を降りて裏口から病院へ入り、令子さんに見つからないよう用心しながら亜乃ちゃんのもとへ急いだ。彼女の病室の前で警護に当たっていた先輩刑事に「亜乃ちゃんに話があります」と言うと、「面会謝絶だし、おまえは出禁だろ」と立ちはだかった。

「大事な話なんです」

「駄目だ。悪化したらどうすんだ？」

時間が惜しい。『実は、私も子供の頃に誘拐されたことがあって、私なら亜乃ちゃんの気持ちに寄り添えると思うんです』と情に訴えれば通してくれるだろうが、諸刃《もろは》の剣だから使えない。私の過去を探られたら、真理恵ちゃんの事件に関わっていることが露見しかねない。

「問題が起きた時は、私が全責任を負います」

「そう言われても、駄目なものは駄目だ」

「出世のための駒を必要としていませんか？」と彼の野心を突っつく。「私に恩を売っておいて損はないと思いますよ」

彼は一呼吸置き、頭の中で算盤《そろばん》を弾《はじ》く。

「今回だけだぞ」

「では、食堂でクマさんと令子さんを見張って、聴取が終わったらワン切りしてください」

「人使いが荒いな」と文句を垂れながらも持ち場を離れて行った。

私はノックしてからドアを開ける。亜乃ちゃんはベッドの上で身を起こしていた。目が合うや否や「出てって」と消え入るような声で言う。だが、私は入室し、ドアを閉めた。

「話があるの」

「もう何も話したくありません。思い出したくないんです」

「今日は刑事として来たんじゃないの。一人の人間として来た。あなたの助けになりたいの」

「誰の助けもいりません」

「そう？　正直に話したら少しは楽になるわよ。あなたが犯人なんでしょ？」

「なんの冗談ですか？　私、子供ですよ」

　全く動じなかった。表情にも声にも変化がなかった。私を見つめる目からも感情の揺れは感じられない。タフな子だ。心身ともにボロボロの状態なのに、まだ抗《あらが》う気力が残っている。

「私は子供のことを甘く見ない。確かに、大人と比較したら、できないことが多い。でも子供にしかできないこともある。子供は制限された中では大人よりも柔軟な発想をすることができる。教室や公園で常識はずれな遊びをしている子供たちを見たことがあるでしょ？」

「あるけど、あくまでも遊びです。子供に誘拐事件なんて起こせません」

「残念ながら、私には『子供には無理』っていう先入観はないの」と言って右手の人差し指を立てた。「あなたは一つだけミスを犯した。一週間前、『川に落ちてからは人の姿は見ていないし、川の音しか聞いていない』って証言したわよね？」

あた」

「あなたは父親が自分を助けに飛び込んだことを知らなかった。それなのに、目覚めた時の第一声が『パパは？』だった。父親が無事か心配で訊いたんじゃないなら、あれは何を確認するための質問だったのか？　答えは簡単。『子供にしかできない』を念頭に置いて考えれば、誰にでもわかる。父親が思惑通り飛び込んだかどうかを確かめるための『パパは？』だった。つまり、あなたの目的は父親を溺死させることだった」

クマさんは『ブーツやダウンジャケットじゃなかったら、旦那さんは溺れずに済んだかもな』と不運を嘆いていたが、作為的なコーディネートだったのだ。出禁になる前に、令子さんから『あのブーツは亜乃が気に入っていたみたいで』という証言を得ている。事前に、デートの日に履いてほしい、と父親にねだっていたに違いない。

そして失踪後に電話で『今日、二人で映画を観に行くはずだったのに。デートの約束、破っちゃうね、ごめん』と伝えて、娘との約束を守りたい気持ちを喚起させる。そうすれば、犯人の『娘とデートするのに相応しい格好をしろ』の要求に対して、拓真さんは編み上げのブーツを選ぶ。泳ぎにくい靴を選ばされているとは知らずに。

彼の頭には『犯人が亜乃からコーディネートの詳細を聞いている可能性があるから、娘が望んだ通りの格好をしなくては』という考えもあっただろう。

亜乃ちゃんは厚手のアウターも指定したと思われる。水を吸ったダウンジャケットを着ていては、どんなに泳ぎがうまい人でも数秒で溺れる。ファスナーを全開の状態で飛び込んでいれば、すぐに脱ぐことができたかもしれない。だが、彼は上までぴちっと閉めていた。娘の策略に嵌まったからだ。

おそらくラブホテルの駐車場で『身代金と一緒にワンピースを橋の中央に持ってこい』と指示されたはずだ。拓真さんが雨から守るために服の中に入れたワンピースは、流されている間に服の中から出てしまったのだろう。

「すごいですね。刑事さんって」と亜乃ちゃんが抑揚をつけずに褒めた。「意識が戻ったばかりで、頭がぼーっとしている時に出た一言だけで、子供を犯人だと思うなんて、すごい発想力です」

「無意識に意味不明なことを言ったってこと？」

「はい」

「認めないのね？」

「出てってください。ママを呼びますよ」

警告を無視して彼女に近付き、ベッドの脇の椅子に腰を下ろした。亜乃ちゃんはナースコールの装置を手にする。

「熊のぬいぐるみ、鑑識は見落としていたけど、私がじっくり調べてみたら背中にファスナーが隠されていた。中には綿はほとんど入っていなくて、ベストタイプとウエストタイプの救命胴衣がびっちり。全て取り出してみたら、あなたくらいの体形の子が入るには充分なスペースがあった。内側の所々に分銅が縫いつけられていたのは、重量の軽さを怪しまれないためでしょ？」

救命胴衣は炭酸ガスで一瞬のうちに膨張するが、縮ませる際には時間がかかる。更に、もう一度膨らませるには替えのボンベが必要になる。時間短縮と荷物の小型化を考慮したならば、偽装誘拐の決行日まではゴム風船をあんこにするのが効率的だ。

亜乃ちゃんが消えた夜、私とクマさんが交代で仮眠をとっている間、上の階では着々と偽装工作が進められていた。ベランダで焼き破りを行い、水を含ませた赤土を床に撒いた。どちらも前もって道具を準備していれば難しくない。雨樋と外壁への付着も泥を染み込ませた布きれや凧糸《たこいと》などの併用で可能だ。入念な予行演習もしていたはずだ。

「なんのことを言っているのか、話についていけないです。ファスナーがあったなんて知りませんでした」と亜乃ちゃんはまだ白を切る。

「あなたがつけたんでしょ？　学校の先生から聞いたわ。器用な子だから裁縫や工作が上手だって」

「手先が器用なだけで犯人になるんですか？　私がファスナーをつけたり、中に救命胴衣を入れたりした証拠はありますか？」

自信のある物言いだった。指紋や頭髪を残さないよう医療用の手袋や衛生キャップを使っていたのだろう。ぬいぐるみの細工が見つかることも想定していたのか。その用心深さと抜け目のない計画は敬服に値する。彼女は決定的な証拠は一つも残さずに偽装誘拐を完璧に遂行した。

あの夜、亜乃ちゃんは自室での偽装工作を終えると、足音を忍ばせてガレージに行き、くすねた合鍵を使ってランドクルーザーに乗り込んだ。そして載せてあった熊のぬいぐるみのファスナーを開け、あんこの風船を割ってその中に潜んだ。栄養補助食品やミネラルウォーターなどの食料を持ち込み、大人用おむつを装着していれば、丸一日は隠れていられる。

父親に『子供たちのグッズを載せて、日野令子がいるラブホテルへ行け』と命じる前に、私たちをバルコニーに出したのは、警察がグッズをチェックしたり、発信器や盗聴器をつけたりするのを防ぐためだろう。ぬいぐるみに触れられたら重さでバレてしまう。

ラブホテルの駐車場では、ファスナーの隙間から手を伸ばして運転席付近にメモか何かを置いたと思われる。身代金の受け渡し場所では、拓真さんが降りるが早いか、ぬいぐるみから抜け出し、救命胴衣を膨らませてあんこにした。

それからそっと車の外に出て迷彩柄のシートを放置した。嘘の証言の『橋の下でシートを被って隠れていろ』を成立させるためだ。シートが橋の下から少々離れたところで見つかっても、風に飛ばされたと見なされる。

偽装工作で使った道具やぬいぐるみの中で出たごみなど、犯行の証拠になるものは川に捨てたのだろう。脚にテープで巻きつけておくのが効率的だ。膝から下なら服に妙な膨らみは出ないし、父親が抱きついてきても見つからない。その上、川に飛び込んだあとは、流されている間にテープが剝がれて証拠品は散り散りになる。完璧な隠滅方法だ。

「証拠はそのうち出てくるわ。犯行に使われた公衆電話の周辺で『不審な人を見かけませんでしたか？』って聞き込んでも、子供の目撃情報は除外されやすい。不審人物と子供は結びつきにくいから。だけど、あなたの写真を見せて訊き回ったら、どうなるかしら？」

「まだ出てきていない証拠を突きつけることになんの意味があるんですか？　ちゃんとした証拠もないのに疑うなんてひどいです」と亜乃ちゃんがナースコールのボタンに指をかけながら私を責める。「もう言い掛かりはやめてください。本当にママを呼びますよ」

「担任の先生はあなたの優しさについても褒めていたわ。いつも寂しそうにしていた隣のクラスの藤田竜司《ふじたりゅうじ》くんと親しくなったんだってね。先生は言葉を濁していたけど、虐められっ子だったんでしょ？」

「見て見ぬ振りができなかっただけです」

「虐めから助けたのは、一ヶ月弱前。藤田くんはその頃から虐められだしたの？　それとも、もっと前からで、あなたに見過ごせない理由が急にできた？」

「何が言いたいんですか？」

「恩人のあなたの頼みなら、藤田くんは犯行に加担してもおかしくない。言いなりの共犯者がいれば、あなたの代わりに計画に必要な道具を買い集めてくれるし、あなたが身動きの取れない時には脅迫電話をかけてもらえる」

ぬいぐるみに隠れている間、亜乃ちゃんは公衆電話を使うことができない。かと言って、失踪する前に『パパ、ママ、助けて』の音声や『お気に入りのぬいぐるみとワンピースを車に載せてラブホテルへ行け』の言伝をメッセンジャーに預けたら、のちのちに偽装誘拐だったことが露見してしまう。だからどうしても協力者が必要だった。

「藤田くんってよくホラ話をするんですよね。冗談だと思って聞く分には楽しいんだけど」と彼女は事も無げに言う。

強《した》かな子だ。焦って『藤田くんから聞いたんですか？』『彼が漏らすわけがない』などとは口走らない。慌てずに、共犯者が口を割った場合の予防線を張りつつ、誘導尋問の可能性も頭に入れて軽く受け流した。

だけど、軽すぎる。この落ち着きぶりは藤田くんへの信頼に因《よ》るものだろう。彼が裏切らない自信があってこその冷静さだ。信奉するよう手《て》懐《なず》けたのか、致命的な弱みを握っているのか。

「まだ藤田くんの事情聴取を行っていない。ぬいぐるみも『もう一度よく調べて』って鑑識に回していない。あなたの目撃情報の聞き込みも指示していない。やるかどうかはあなた次第。犯行の動機を聞かせてくれたら、目を瞑る」

「動機も何も私は犯人じゃありません」

「あなたの考えていることはわかる。藤田くんは自白しない可能性の方が高いし、ぬいぐるみの細工はしらばっくれればどうにかパスできる。目撃情報が出てきても『たまたま近くを通った』で切り抜けられる。そうでしょ？」

彼女はナースコールの装置を私に向けて「もう押します」と宣言した。

「桃太郎！」

鋭く発した私の言葉に亜乃ちゃんはぴたっと動きを止める。親指はボタンにかかったままだ。

「押したら、あなたの声を声紋鑑定にかけるわよ。さすがに、それはまずいでしょ？」

肯定も否定もしなかったけれど、彼女の握っていたものがするりと抜け落ちる。とうとう観念したのだ。

声紋は指紋や虹彩などと同様に唯一無二のものだ。ものまねチャンピオンがどんなに本人に似せても、一卵性の双子でも声紋は同じにならない。だから脅迫電話の『レイちゃん、助けて』の声と学芸会で主役を務めた啓太くんの声が一致したことで、彼の生存が証明された。

しかし亜乃ちゃんが主犯だとしたら、啓太くんの生存の線はなくなる。子供が子供を匿うのは不可能なので、『レイちゃん、助けて』は偽者の声だ。ならば、どうして声紋が一致したのか？

ヒントはオリジナルのデータが入っていたリビングのパソコンだ。亜乃ちゃんが意図的に壊したと仮定すれば、自ずとカラクリが見えてくる。私たち捜査員は最初のボタンを掛け違えていたのだ。

あの脅迫電話は姉が弟の声真似をしていただけだった。そして『啓太　桃太郎に挑む』と題されたブルーレイディスクも亜乃ちゃんによって偽装されていた。啓太くんの声真似で桃太郎のセリフを録音し、動画編集ソフトを使って弟の声と自分の声を丸々差し替えた。

それをディスクに焼き、元々の『啓太　桃太郎に挑む』のディスクと入れ替えた。

あとは、リビングのパソコンを壊せば、警察に提出可能な啓太くんの音声データは

『啓太　桃太郎に挑む』だけになる。もし親のスマホにも弟の音声が保存されていたのなら、こっそり削除しただろう。

「動機は何？」と私は真相を訊ねる。

「啓太を助けなかったから」

「カヤックが転覆した時のこと？」

「私、双眼鏡で見ていたんです。あの人は助けようとしなかった。啓太の手を振り払ったの」

流れの速いポイントでの転覆だったと聞いている。本当に見えたのか？　だが、『どのくらいの距離から？』『双眼鏡の倍率は？』『どっちかの体が死角になっていなかった？』などの質問をするのは無駄だ。その当時の彼女が父親に悪い印象を持っていたならば、手を振り払ったように見えなくもなかったことが『手を振り払ったのを見た！』になってしまう。

「その頃、あなたとお父さんの関係は良好だった？」

「よかった方だと思います」

「啓太くんとお父さんは？」

「啓太は好いていました。色々な遊びを教えてくれるから、あの人にべったりでした。ママが『パパとママ、どっちが好き？』って訊いた時も『タクちゃん』って即答した。

そうしたら、ママが『騙されちゃ駄目。あれはパパの振りをした怪物なの。本物のパパじゃない。啓太が食べ頃の大きさになるまで牙を隠して待ってるの』って脅した」

「嫉妬ね」

「私もそう感じました。でも全然怖がらなかった啓太が『本物のパパは食べられちゃったの？』って訊いたら、ママがすごく哀《かな》しい顔をした。その顔を見た時にふっと思ったの。『啓太とパパは血が繋がってないのかも』って」

勘のいい子だ。だけどその鋭さがあるなら、母親から男の影を感じ取っていても不思議じゃない。彼女は『やっぱりママは浮気していたんだ』とも思ったのかもしれない。

「そう思ったら、色々なことが結びついていった」と亜乃ちゃんは一本調子で続ける。「ママが啓太を溺愛するのも、あの人に冷たいのも、私への関心が薄いのも、啓太がどっちの親にも似ていないのも、全て納得がいった」

「そう思ってから、あなたは家族の中で誰が一番好きだったの？」

「啓太」

「父親が違う可能性があっても？」

「誰が父親でも啓太は啓太です。思い出は消えないし、私たちの間でできあがったものは変わらない。違いますか？」とやや攻撃的な口調になった。

「そうね」

「でもあの人は違った。よくよく観察してみたら、あの人は啓太に余所余所しくすることがあった。表面上は仲良くしていたけど、本心では疎ましく思っていたんです」

彼女の言い分をそのまま鵜呑みにはできない。どんなに洞察力に長《た》けている人でも、先入観に囚われた時は自分の心にあるものを投影してしまう。双眼鏡越しの光景も『あの人は啓太を嫌ってる』というフィルターを通していたら、犯行場面にしか見えない。

「だからお父さんは啓太くんを殺した？」

「はい」

「だけど、啓太くんは救命胴衣をつけていた。流されても必ずしも死ぬとは限らない。本気で殺したいなら、もっと確実な方法を選ぶんじゃない？　無人のカヤックが衝突したのは偶然だったわけだし」

「偶然の衝突がなくても、わざと転覆させることは可能です。カヤックを引っ繰り返すタイミングを窺っていたら、たまたま無人のカヤックがぶつかってきただけ。ライフジャケットに穴を開けておけば、まだ泳ぎが上手じゃなかった啓太は溺れる。雨が降った翌日だったから、水嵩《みずかさ》が増して流れも速かった。死ぬ確率はぐっと上がります」

拓真さんが画策していたかどうかは測りかねるが、少なくとも彼の娘は天気予報に傘マークのつく週末を待っていた。父親を確実に始末するため。雨天でなければワンピースを服の中に入れる必要はないし、川の流れは激しくならない。また、平日だと共犯者の藤田くんが自由に動けないので、決行日は週末しかなかった。

「計画的な犯行だった証拠はあるの？」

「衝動的な犯行でも、助けようとしなかったんだから同罪です。一瞬の出来心で『死んだらいいのに』と思っただけだったとしても、殺意があったことに変わりはありません」

「双眼鏡で見たことをお母さんに話したの？」

「話していません。啓太の捜索中は相手にしてくれなかったし、生存が絶望視された頃にはもう心が壊れちゃっていたから。そんなママの口から警察に伝えても信じてもらえなかったと思う」

「でもあなたの証言がある」

「目撃証言だけじゃ、訴えても『見た』『見間違えただけ』の水掛け論にしかならないですよね？　狡賢《ずるがしこ》い弁護士にあやふやにされてお終《しま》いです」

「それで、敵《かたき》を討つには殺すしかないって思った？」

「はい。完全犯罪の方法をずっと探していました。あの人が啓太を殺したことも、私があの人への復讐《ふくしゅう》を果たしたことも、ママには知られたくなかった。ママがママじゃなくなっちゃいそうだから」

「お母さんのことよりも自分のことを心配するべきだったわね」

「はい」と頷いて視線を落とした。

亜乃ちゃんが練り上げた犯行計画は『私が川に落ちたら、必ずあの人は助けに飛び込む』という絶対的な確信が基盤になっていた。計画の立案中は殺害方法の合理化を追求していたから、父親の愛情を踏み躙《にじ》ることへの負い目を感じなかったのだろう。もしくは、自分だけが愛されている心苦しさが、弟への申し訳なさが彼女を犯行に駆り立てたのかもしれない。ともかく、亜乃ちゃんが無償の愛の尊さを知った時には、あとの祭りだった。

たとえ弟を殺していても、父親は父親だ。思い出は消えないし、二人の間でできあがったものは変わらない。惜しみない愛情を注がれていた事実は残り続ける。それらが大きな罪悪感となって亜乃ちゃんに伸し掛かっているのだ。

「さっきも言ったように、あなたを警察に突き出すつもりはない。でも心を軽くしたいなら自首を勧めるわ。いくらかは軽減する」

彼女が頭を左右に大きく振った。

「ママから『啓太が生きている』っていう希望を奪ったら、もうどんなお薬も効かなくなる」

「お母さんを糠喜《ぬかよろこ》びさせたくない気持ちはわかるけど、あなたの方が心労で潰れるわよ」

「いいんです」

「いざとなったら死ぬ気でしょ？」

一生かけても償えない過ちを犯した亜乃ちゃんは、その罪を墓場まで背負っていくことを自分に科している。もし重さに耐えかねて一歩も歩けなくなった時は、そこを墓場にするつもりだ。

「土日がずっと晴れだったらよかったのに」と彼女はもうどうすることもできない願望を零《こぼ》した。

「あなたの罪、私に半分背負わせて」

「なんで？って言うか、どうして私を捕まえないんですか？」

「私は正義のために刑事をやっているわけじゃないの。個人的な罪滅ぼしが目的。悪人を逮捕して世の中に貢献することも償いの一環だけど、犯人を見逃すことの方が償いになる時もある。不幸しか生まない逮捕は平気でなかったことにする。あなたの罪を半分負担することやあなたを自殺させないことも、私にとっては贖罪《しょくざい》になるの」

私が警察に入った一番の理由は、気の弱い千里ちゃんを勇気づけるためだ。真理恵ちゃんの犯行を隠蔽した私が何食わぬ顔で警察官になったんだから、千里ちゃんも図太く生きて。

その想《おも》いが届いたのか、彼女は情緒が安定するようになり、姉との約束を果たそうと日々邁進《まいしん》している。私は真理恵ちゃんの幻影を追っているうちに、いつの間にか制服警官から刑事になっていた。

私が捕まえたいのはただ一人。あの時の真理恵ちゃんだ。ダム湖に飛び込む前に、彼女の腕に手錠をかけられたら……。

「もしかして」と亜乃ちゃんは勘付き、目を丸くする。「私と同じような罪を背負っているんですか？」

「あなたと同じ歳《とし》くらいからね」

次第に彼女の瞳から驚きの色は薄くなっていったが、これまでよりはほんの少し目付きが柔らかくなった気がする。

「だから子供を甘く見ないんですね」

「そう」

私は身を以て体験したことがあるから、子供も被疑者リストに入れられる。クマさんとはそこが違う。彼の言葉を借りれば、経験の差だ。

亜乃ちゃんに「どんな罪を犯したんですか？」と訊ねられた時、ポケットの中のスマホが震える。すぐに止まった。事情聴取が終わった合図だ。食堂からこの病室まで二分弱。

「詳しいことはいずれ話すわ。そろそろお母さんが戻ってくるみたいだから」と言って立ち上がり、メモを差し出した。「辛くなった時は電話して。私なら力になれると思う」

「ありがとうございます」

彼女はメモを両手で受け取った。

「でも心が押し潰されそうになった時は、迷わず自首しなさい。子供が途中で重荷を下ろしても、誰も文句を言わないわ」

「はい」

「そうそう、刑事として訊きたいことがあった。今後の参考にしたいから教えて。どうやって尾崎順平たちを人選したの？」

「企業のホームページには、採用情報のところに『先輩の声』みたいなのを載せていることがあって、結構本名を晒《さら》しているんです。その名前をフェイスブックで調べると、人によっては個人情報を垂れ流しにしています。子供の名前とか学校とか」

「なるほどね。あと、巷《ちまた》を騒がせている誘拐の悪戯電話もあなたがやったんだよね？警察の捜査を攪乱させるために」

「あれは私じゃありません」

「えっ？」

「本当です。うちにもあの悪戯電話がかかってきたから、それがきっかけで『ひょっとしたら便乗できるかも？』って偽装誘拐の計画を思いついたんです」

「一番初めの『啓太くんを無事に返してほしければ、八千五百万円を用意しろ』って電話は亜乃ちゃんの仕業じゃないってこと？」

「はい」

不意に、不吉な臭いが鼻先を掠《かす》めた。今のは、何？

「そ、そう。わかった。ありがとう。またね」と別れを告げ、早足で病室を出る。

食堂とは反対方向へずんずん進む。鼻をクンクンさせてみたけれど、さっきの臭いはしない。病院独特の消毒液と体臭の混ざった臭いだけ。気のせいか……。だといいが、なんだか胸がざわつく。嫌な予感がしてならなかった。

第三章　卵と子

洗面所で髪を整えながら「あっくん、準備できた？」と声をかけた。だけどリビングから返事がない。

「あっくん？」とさっきよりも声を張った。「着替え、終わった？」それでも何も返ってこない。無視？　あっ、そっか、昨夜『あだ名で呼ぶの、もうやめてくんない？　ガキくさいよ』とブーたれていた。なんでも、明人《あきと》のクラスではフルネームで呼び合うのが流行っているらしい。

「徳永《とくなが》明人、準備は？」と言い直す。

すると、「とっくに終わってるって。おせーよ。早くしろよ」と憎まれ口が飛んできた。

「もうちょっと待って。前髪がうまく流れなくて」

「中年がお洒落してどーすんだよ。誰も見てねーって」

最近、言葉遣いが荒くなった。自分のことを『俺』と言い、私を『トモちゃん』と呼ぶようにもなったし、反抗期だろうか？　私が子供だった頃も、十歳くらいから男子たちが野蛮化して親を軽んじ始めた気がする。あまり喜ばしいことじゃないけれど、大人の男になるための通過儀礼の一つなら仕方がない。

明人も男らしさを意識する年頃になったのか。私の腕の中でおしゃぶりを吸っていたのが昨日のことのように思えるのに。微笑ましく思う一方で寂しさも抱く。そして羨ましさも。

明人の未来は輝かしい可能性に溢れている。まだまだ始まったばかり。それに対して、私の人生はもう薄暗い。これからもどんどん選択肢が狭まっていき、そう遠くない日に真っ暗になる。

目の前にある自分の顔からも終焉《しゅうえん》に向かっていることを思い知らされる。鏡に映るたびに増えるシワとシミ。中学生の頃からスキンケアに努めていたから、実年齢の四十一歳よりは若く見られることが多いが、とうに輝きは失われている。

外見だけじゃなく、中身の老化も着実に進行中だ。ちょっと走っただけで息切れを起こすし、脂っこいものを受けつけなくなった。また、しょっちゅう固有名詞をど忘れする上に、物覚えも悪くなってきている。

心身ともにピークを過ぎた大人は華やかな舞台から転げ落ちるだけだ。だけど子供へ光の当たる場所を譲ることは世の常なのだろう。次の世代に希望をバトンタッチして先へ先へと繋げていく。それはきっと素晴らしいことだと思う。少なくとも、バトンを渡せる相手がいるのは幸せなことだ。

そう割り切ろうとしていたら、明人が「トモちゃん、まだ？　腹へったよ」とリビングから急《せ》かしてきた。

「あと少し」

「若作りはみっともねーぞ」

わかってる。若さにしがみつくのが見苦しいことも、どんなに高尚なことを言っても半分以上は負け惜しみであることも。でも明人はまだ知らないのだ。世の中には頭で理解していても行動に移せない物事がたくさんあることを。だから私はこうして鏡の前で老いに抗っている。

首をゆっくり左右に捻り、後頭部に白髪がないか目を光らせる。毎日チェックしていてもいつの間にか生えていることがあるので、細心の注意が必要だ。白髪は一本で一歳老けて見られる。

よし、大丈夫だ。最終チェックを終えてリビングに行くと、明人がソファに横になってワイドショーを観ていた。

「さあ、出かけるよ」

「ちょっと、これだけ」

テレビ画面ではプライバシーを保護された夫婦が怒りを顕にしている。

〈人としてやっちゃいけないことだ〉

〈早く捕まえてほしい〉

〈どんな気持ちで電話をかけたのか直接訊いてみたい〉

〈マリをもう一度殺されたように感じる〉

このところ、子供が災難に巻き込まれた家に心ない電話をかける悪戯が横行している。最初にテレビで被害を訴えた母親の慟哭《どうこく》が凄《すさ》まじかったため、大きな反響を呼んだ。同情と嘲笑が日本中を駆け巡った。

獣じみた号泣会見は見世物的な側面が強かったものの、他の迷惑電話の被害者たちを奮い立たせた。『自分たちも』と触発されて次々に声明を出し、メディアはこぞって取り上げている。大方、二匹目の珍獣を探しているのだろうが。

今回の被害者は十年前に起きた埼玉小六女児殺害事件の遺族だ。ダム湖に突き落とされて亡くなった娘を偲んで悲痛な声を絞り出している。

「もう消しな」と私はきつめの口調で促した。

「まだ。ちょっと気になんの」

「どうせ変わった名字にそそられているだけでしょ。それは『タカナシ』って読むんだよ。怖い鷹《たか》がいないってことは小鳥が安心して遊べるってこと。そういう言葉遊びから『小鳥遊《たかなし》』って名字が生まれた」

明人は珍しい名前に目がない。好奇心を刺激される人名に出会うと、連呼したり書きなぐったりする。普段は漢字の書き取り練習を嫌うのに。

「違うって。この人たちの子供を殺した犯人って捕まってないんだ」と言った明人はやや怯えている様子だ。「うちからそんなに遠くないダムだよね？」

「もし犯人が近くに住んでいても、男の子は狙わないから平気だよ」

溺死した女児は何も身に着けていなかったので、男の変質者による犯行と見なされている。

「全然平気じゃない」

「なんで？」

「クラスの女子は狙われるじゃん」

男気溢れる言葉に自然と頬が綻んだ。

「なに笑ってんだよ」

「なんでもない」と私は言って顔を引き締めた。「大丈夫。警察がちゃんと警戒しているから、女の子も安全だよ」

「頼りになんのかな？　この悪戯電話の犯人もまだ捕まえらんないし」

「なら、空手でも習う？　強くなって自分の手で女子たちを守ったら？」

「うん。やる」

「そんじゃ、近所にある空手教室のことを調べておくから、来週くらいに見学に行こっか？」

「話が早くていいね。出かける準備はいっつも遅いけど」と明人は余計な一言を交ぜ込んだ。

「可愛い息子とのお出かけでドレスアップするのは当たり前だよ」

今のうちだけだ。あと二、三年もしたら一緒に並んで歩くのを嫌がるだろう。それまで思い出をたくさん作っておきたい。

「ドレスアップってなんだよ。気持ちわりぃ。たかが回転寿司なんだから、普段着のジャージでいいじゃん」

「そのたかが回転寿司を食べたがったのはどこの誰かな？」と惚け、キッチンへ移動する。「いっつも回転寿司。たまにはお堅い店でテーブルマナーを教えたいんだけどな」

「トモちゃんの懐の具合を心配してんだよ。うちは一馬力だし、教習所の先生ってあんま給料がよくないんだろ？」

私の子供の頃とは違って今は共働きが主流になっているが、シングル家庭には流れを選ぶ余裕などない。支流であろうとも一馬力で突き進むしかない。また、仕事を選ぶゆとりもないから、薄給でもなんとか遣《や》り繰りする他ない。

「そういう心配をするのは、お小遣いを減らされてからでいいよ」と言いつつガスの元栓が閉まっているか確認した。「で、減らしていい？」

「マジで？」

明人ががばっとソファから起き上がった。

「冗談」

「あったまきた。一番高い皿ばっか食べてやる」と啖呵《たんか》を切り、バタバタと玄関へ走る。

私はソファに残されたテレビのリモコンを手に取った。画面にはまだ小鳥遊夫婦のVTRが流れている。子供が不運に見舞われたニュースはできるだけ目に入れたくない。耳にもしたくない。自分の正しさが揺らぐから。

ボタンを押して電源を切ると、忍び寄ってきていた罪の意識がすーっと引いていく。

私は間違っていない。あの子を守るためにはああするしかなかった。最適解だった。

私が助け出さなければ、取り返しのつかない不幸が訪れていたんだ。

「何やってんだよ？　先に行くぞー」と明人が喧《やかま》しく呼ぶ。

「今、行く」

過去を振り払って明人のもとへ向かおうとしたが、リモコンが手から離れなかった。

あの時と同じだから？　なんの因果か、十年前も出かける前だった。テレビで埼玉のダム湖で溺死した女児のニュースが流れていた。

昨夜のニュースでは『身元不明の女児』だったが、今朝には『埼玉県内の小学校に通う小学六年生の小鳥遊真理恵』と判明していた。この子の親がどんな思いで遺体を確認したのか？　ちょっと想像しただけでやるせない気持ちになった。

おぞましい事件に朝から陰鬱な気分に陥る。本当にひどい。なんの罪もない子供を手に掛けるなんて。犯人に赤い血は流れていないのか？　子供は社会の宝なのに。みんなで守るべき存在をよくも。早く取っ捕まって死刑になればいい。

犯人に激しい憤りを覚えつつ、テレビを消して家を出た。車に乗ってからも怒りがなかなか収まらなかった。つい運転が荒っぽくなる。もし目の前に犯人が飛び出してきたら、ブレーキを踏むのを躊躇《ちゅうちょ》してしまうかもしれない。

元から弱者を狙う凶行を嫌悪していたが、やはり慶和《よしかず》との破局が影響しているのだろう。別れの原因は「子供を産めないから」だった。身体的な問題に因って私には生み出せないもの、それを犯人は易々とダム湖に放り投げた。許せない。この手で地獄へ突き落としてやりたい。

きっと慶和なら私の気持ちを理解して黙認してくれるはずだ。いや、ノーサイドの精神を重んじる人だから『罪を憎んで人を憎まず』と私を窘めるかも……。また彼のことを考えてしまった。忘れるための旅なのに。頭から振り落とさなくちゃ。私はアクセルを踏んだ。法定速度ギリギリまでスピードを上げ、慶和への未練を引き剝がした。だが、心には彼の思い出がべったりとへばりついていた。

慶和は江戸時代から続く名家の長男として生まれ、厳格な両親に育てられた。子孫繁栄の責務は言わずもがな。だから彼は私との交際を親に隠し、縁談の話をのらりくらりとはぐらかし続けた。

私の家はさほど家柄は高くなく、父親は他界していたが、母親がおそろしく堅物なので慶和を紹介することは憚《はばか》られた。打ち明けていたら、きっと『他所様の家に迷惑をかけるようなお付き合いをしてはいけない。身を引きなさい』と猛反対しただろう。

私と慶和の思惑は一致していた。親の目が黒いうちは「なかなかいい出会いがなくて」とやり過ごし、密かに交際しよう。その時が訪れるまでは一緒に暮らせないから、足繁くお互いの家を行き来して寂しさを埋めた。少々煩わしい思いをすることがあるものの、障壁があることで却って二人の結束は強まっていった。

ところが、不審に思った慶和の母親が興信所を使って息子の素行を調べた。すぐに私と頻繁に会っていることが発覚する。慶和は「仲のいい友人だよ」と誤魔化そうとしたが、車中でキスしている写真を突きつけられた。

喫茶店に呼び出された私はありったけの誠意を込めて事情を説明した。慶和も精一杯擁護してくれた。彼の両親はどちらも眉一つ動かさないで私たちの言い分を聞くと、父親が「あなたの先天的な病気についてはよくわかった。不憫だと思う。けど、申し訳ないが子供を産めない人に谷田部《やたべ》家の敷居を跨がせることはできない」と言い放った。

予想通りだ。はなから承認されることは期待していなかった。でも頭ごなしに反対される心構えをしていたから、二人に深々と頭を下げられるとは夢にも思わなかった。何も悪いことをしていない彼らに謝られ、私が拠《よ》り所にしていた正当性がぐらついた。どんな人間にも幸せになる権利がある。そう信じていたけれど、誰かを不幸にする権利はないんじゃないか？　自分の幸福のために他人を踏み台にしていいのだろうか？

物別れに終わった会合のあと、慶和は「なんて頑固なんだ！」と親に腹を立て、「一緒に遠くへ逃げよう」と全てを捨てる覚悟を決めた。その気持ちだけで充分だ。私と知り合わなければ、彼は人並みの幸せを享受し、穏やかな人生を過ごしていたはずだ。

もちろん私にしか与えられない幸せもある。慶和の心を満たせるのは私だけだ。世界中の誰よりも彼を幸せにしてみせる。そんなふうに息巻いていたが、私と交際したばかりに慶和と両親の間に大きな亀裂が入ってしまった。

私は断腸の思いで別れを切り出し、彼との連絡を絶った。だが、納得のいかない慶和が連日自宅に押しかけてきた。話し合っても平行線を辿り続けるので、しばらくウィークリーマンションへ避難することにした。

今だけの辛抱だ。そのうち過去の人になる。時間は万能薬。どんな悩みも苦しみも時の経過が解決してくれる。いつかは笑える。この失恋もいつかは笑い話にできるようになる。

しかしその『いつか』が遠かった。二ヶ月が経っても失恋のダメージは少しも癒えなかった。胸にある四年分の思い出が全て鋭利な凶器となり、ことあるごとに私を内側からめった刺しにした。

仕事が手に付かず、度々ミスをしては上司に罵声を浴びせられた。パワハラが黙認された職場やノルマ主義に辟易していたことも手伝って、「親の介護のため」を口実に退職した。九年間も警察官として国に仕えてきたが、紺色の制服と決別することになんの感慨も湧かなかった。

退職と同時に、慶和の思い出が染みついた家を引き払い、埼玉よりも転職の選択肢が多い東京へ移った。その際、彼にプレゼントされたものやツーショット写真はもちろんのこと、家財道具、小説、編みぐるみ、洋服、靴、アクセサリー、軽自動車など、あらゆるものを処分した。

過去を捨て去り、生まれ変わったつもりで赤羽での生活をスタートさせた。必要なものを買い揃え、眼鏡を新調し、髪をばっさり切り、禁酒を誓い、少しずつ自分をリニューアルしていく。

読書と編み物に代わる趣味は散歩中に見つけた。赤羽駅の近くでY字型の中層住宅に見とれたのを機に、団地への関心が高まった。ニコンの一眼レフカメラを購入し、都内にあるマニアおすすめの団地をいくつか回った。

緩やかに古い自分から遠ざかっていき、そろそろ就職活動を始めようかと思った矢先に予想外の災難が襲ってきた。隣の部屋から赤ちゃんの泣き声が聞こえてくるようになったのだ。女の奇声も。

単身者専用のワンルームマンションなのに、なんで？　しかも、お隣さんは若い男だ。シングルマザーの女が転がり込んできたのか、こっそり同棲《どうせい》していた恋人が里帰り出産から帰ってきたのか。

どんな事情にせよ、こっちは安息を求めて引っ越してきたんだ。赤ん坊が隣に住んでいたら、失恋の傷とコンプレックスを刺激される。慶和を忘れることなんてできやしない。沈静化していた胸の痛みが一気にぶり返してきた。

すぐに大家にクレームを入れようとした。でも、と思い留まる。ワンルームに三人が身を寄せ合っているのだから、お隣さんは社会的弱者である可能性が高い。行く当てのない人を追い出すわけにはいかない。しばらく様子を見ることにした。

不幸な時ほど寛容さが大事だ。自分が一番可哀想だと思い込んだら、周りにあるもの全てを憎んでしまう。そう自分に言い聞かせて辛抱したけれど、二日も持たなかった。耳を引きちぎりたくなるほどの苦痛の前では、他人を思いやるのは不可能だ。

夜泣きの声に心を掻き毟《むし》られている最中、不意に『旅に出よう』と思い立った。徹夜で予定を立て、適当なものをバッグに詰め、日の出とともに出発した。

旅の行き先は大阪。目的は高層スターハウスの撮影。Y字型の団地は『スターハウス』と呼ばれ、昭和三十年代に盛んに建設された。階段室を中心に各階の住戸を三方向に突き出したように配置されたユニークなデザイン。団地の花形として人気を博したが、老朽化に伴い続々と姿を消していっている。

中層でも全国的に珍しくて数えるほどしかないのだから、高層はもう絶滅寸前だ。大阪で生き延びていた高層スターハウスも風前の灯《ともしび》。建て替え計画が進んでいるらしい。着工する前に、歴史の年輪が刻まれた荘厳な姿をカメラに収めておきたい。

旅のメインは大阪の高層スターハウスの撮影だけれど、近畿地方の由緒正しい団地を巡ろうと考えている。綿密なスケジュールは立てていない。気ままな旅行だ。宿が見つからなかった時は、車中泊すればいい。

とりあえず、初日は愛知に寄り道した。東海市や名古屋市にも愛好家必見の集合住宅がいくつかある。先ずは名和団地に行き、日本で最後に建設された中層スターハウスを眺めてしみじみ感慨に浸り、次に鳴子団地で五棟が連なるスターハウスに息を呑んだ。

その後、近くにあった喫茶店に入り、味噌《みそ》カツ定食を注文した。食欲をそそる見た目の名古屋メシが運ばれてくる。匂いもいい。でも隣のテーブルから聞こえてきた会話のせいで途端に気分が滅入った。学生風の男が恋人らしき女にサッカーのルールについて教えていた。

「っていう決まりがあるから、ディフェンスはオフサイドトラップを仕掛けるんだよ。フォワードはそれを掻い潜って……」

「待って。もう一回オフサイドの説明して」

「何度目だよ」

「だってよくわかんないんだもん」

確かにオフサイドは難解だ。教える方も理解する方も大変なのは知っているけれど、少しは声の音量を抑えてほしい。おかげで傷心旅行が台無しだ。胸の奥でサッカーに詳しかった慶和の声がこだまする。

慶和とはスポーツバーで出会った。そこは私が他者と繋がれる唯一の場所だ。熱気溢れる応援、圧巻のプレイ、歓喜の雄叫び、落胆の溜息、世紀の一戦、心からの祈り、劇的な勝利、無慈悲な敗戦。それらが観戦者たちから垣根を取り去って一体感を生む。スポーツにはみんなの心を一つにする力があるのだ。老若男女を問わない。肌の色の違いや身分の差も関係ない。日頃の確執が横たわっていても、熱狂の渦に巻き込まれれば誰もがサポーターの一員になる。疎外感とともに生きてきた私もスポーツバーで応援している時は心を潤すことができた。

ずっと孤独だった。物心がついた頃からうっすらと抱いていた『自分は変なのかも』という違和感が、思春期には自己理解が進んで『私は特異な存在。みんなとは見ている景色が違う』に落ち着いた。

だけど周りと足並を揃えないと『おまえは間違った存在だ』と迫害されるおそれがあった。私は家でも学校でも魔女狩りの恐怖に怯え、じっと息を潜めていた。私の居場所はどこにもなかった。

どう足掻いても『間違った存在』というプレッシャーから逃れられないのなら、せめて正しい組織に身を置きたい。正義の機関に所属していればその色に染まれるかもしれない。世の中の役に立つ仕事をして自分の存在価値を少しでも高められたらいい。そう期待して警察官になった。

だが、私が求めていた正しさは見当たらなかった。配属先に恵まれなかったのか、地域課にも交通課にも真摯に市民と向き合う警察官は皆無だった。誰もが上司の顔色だけを窺って、ノルマを達成することに躍起になっていた。

割り当てられた検挙件数を達成するために見境なく職務質問を行う。所持品検査で少しでも怪しげなものや凶器になりうるものが出てきたら、言い掛かりをつけて連行する。拒否された時は、故意に体をぶつけて公務執行妨害で逮捕すればいい。そう先輩から教わった。

交通取り締まりは軽微な違反を重点的に摘発する。取り立てる反則金が警察OBの天下り組織への上納金になるからだ。悪質なドライバーを捕まえても徴収する罰金は国の一般財源になってしまうので、飲酒運転や三十キロ以上のスピード違反は積極的には取り締まらなかった。

市民の安全を第一に考えるなら、死亡事故が多発する交差点の近辺で大々的な注意喚起を行えばいい。未然に防ぐ活動こそが最優先事項のはずだ。小学生でもわかることなのに、私たちはスピードの出やすいポイントで物陰に隠れて市民が違反するのを待ち構える。時には、三十キロ以上オーバーしていても、ノルマのために二十九キロ以下の速度超過として処理した。

目標の検挙件数に達しない場合は、休日返上で職務質問や取り締まりを敢行する。給料がいいわけじゃないし、パワハラやセクハラが日常茶飯事なので、嫌気が差して辞める人はあとを絶たない。ある先輩は「まともな人間には務まらない仕事。自分の頭を拳銃で撃ち抜く前に逃げた方がいい」と言い残して去って行った。

真面目な人ほど理想と現実のギャップに苦しむ。私も最初は大いに戸惑い、拒絶反応から見通しの悪い交差点で市民に注意を促す活動を始めたことがあった。

きちんとノルマを果たし、非番の日や勤務時間外に行ったのだが、上司に「勝手な真似をするな！　そんな暇があるなら検挙率を上げろ！」と怒鳴られた。その瞬間、私の抱いていたヒーロー像は粉々に砕けた。警察は正義の味方ではなかった。

こんなところにいるのは不毛でしかない。強者に諂《へつら》い、弱者を足蹴にする。私が最も嫌悪することだ。でも他に行くところがなかった。辞めてどうする？　どこに行っても大差はないかもしれない。私が正しさを感じられる場所なんてどこにもなさそう。

一時は退職に傾いていたが、思い直して続けることにした。考えようによっては、居心地は悪くない。心に『間違った存在』という烙印《らくいん》を押されている私には、まともじゃない組織がお似合いだ。ここなら他のところほどは自己否定感が強まらないだろう。

私は初心と正義感を捨て去り、警察の色に染まった。上司のイエスマンとなり、与えられたノルマを機械的にこなしていった。同僚とも良好な関係を築いたけれど、仲間意識が芽生えることはなかった。不満や苦悩を分かち合う同志であっても、私と彼ら彼女らの間には大きな隔たりがあるのだ。職務中に疎外感が薄れることは一度もなかった。

寂しさに耐えかねた時は、スポーツバーで心を潤す。競技はなんだっていい。見ず知らずの人と一緒になって応援し、勝利の美酒に酔ったり、敗北のヤケ酒を掻っ食らったりすれば、何もかもを一時的に忘れることができる。

慶和と初めてビールジョッキをぶつけ合った時も、非日常の世界にどっぷり浸りながら祝杯を上げた。

「行くぞ、ドイツ！」と私はカウンター席で上機嫌に叫んだ。

中東の難敵を退け、ワールドカップの出場に大きく前進した。ところが、横に座っていた男はノリが悪い。どことなく浮かない顔をしている。何、こいつ？　せっかくいい気分だったのに、興ざめ。

「ひょっとして、隠れアンチ？」

私は酔いの勢いに任せて高圧的に絡んだ。時々、スポーツバーにアンチが紛れ込むことがある。反ナショナリストなのか、ただの捻くれ者なのか、敗戦に落胆するサポーターの姿を酒の肴《さかな》にする不届き者がいるのだ。
「あっ、いえ、違います」と彼はたじろぎ、少し体を仰《の》け反らせた。
私は顔を前に突き出して追及する。
「じゃ、なんで喜ばない？」
「決勝点がオウンゴールだったから、なんかもやっとして」
「オウンゴールでも勝ちは勝ち。日本はずっと攻めていたんだし」
相手のチームは守備を固めていたこともあって防戦一方だった。後半の中頃までは
どうにか日本の波状攻撃に耐えたが、ゴール前で痛恨のミスを犯す。混戦の中でクリ
アしようと蹴ったボールが自軍のゴールネットに突き刺さった。
「もちろん、ラッキーのおかげで勝てた、とか言うつもりはないよ。日本がプレッシ
ャーをかけ続けたから生まれた必然のゴールだ。でもオウンゴールしちゃった選手の
ことを思うと、素直に喜べないんだ」
生真面目な意見にすっかり酔いが醒《さ》めてしまった。だけど昔の私なら同じようなこ
とを思った気がする。いつの間にか弱者に寄り添えなくなっていた。紺色の制服に身
を包んでいない時でも、自分本位な考え方をしている。
私は疑いをかけたことを彼に謝り、自己紹介した。彼も名乗ると、お互いの好きな
競技について話し込んだ。慶和はサッカーと同じくらいラグビーに熱中していたが、

私は疎かったので「魅力はどこ?」と訊いた。

「観たことは?」

「ない。あんまりテレビでやってないし、バーでも放映しないし」

「興味があるなら、今度観に行く? 来月から大学ラグビーの春季大会が始まるんだ」

私はその誘いに二つ返事で飛びついた。彼のことをもっと知りたくなっていたのだ。


不本意なままに終わった昼食のあと、車中でメイクを直して気持ちを切り替える。もう過去のことだ。早く忘れよう。世の中に男は何十億人もいる。それだけいれば、慶和のような私の全てを受け入れてくれる男が一人や二人いてもおかしくはない。

この傷心旅行の間にだって映画顔負けのドラマチックな出会いをする可能性はある。だから目一杯のお洒落をしているんじゃないか。頭の天辺《てっぺん》から足の爪先まで旬のアイテムをフル装備。いつ恋が訪れてもいい準備はできている。さあ、未来に進もう。

私はハンドルを握り、車を発進させた。次の目的地は又穂団地。日本で最初に建てられた十五階建てのボックス型住棟を仰ぎ見たい。きっと勇壮な佇まいをしていることだろう。近付くにつれて徐々に胸が高鳴ってきた。気が逸り、信号待ちがもどかしい。

早くシャッターを切りたくてうずうずしていたが、微かな尿意を覚えた。公園の前で車を停める。撮影中に我慢できなくなったら面倒だ。私は車を降り、出入り口のところにあった案内図を見た。大きな池と野球場のある大規模な公園だ。公衆便所は三つもある。

最寄りの女子トイレに入ると、若いお母さんが洗面台の空きスペースで赤ん坊のおむつを取り替えようとしていた。また赤ちゃんか。いい加減にしてほしい。行く先々で失恋の傷に塩を塗らないで。

げんなりとした気分で個室に入り、用を足した。もう目に入れたくなかったから、親子がトイレを出て行くのを待った。だが、赤ん坊のぐずる声がやまない。暴れて交換に手間取っているようだ。生後二、三ヶ月くらいの大きさだった。なんで母親はまだ慣れていないんだ?

ずっと赤ちゃんの声を聞かされるのもしんどい。諦めて個室を出た。手洗い器は二つあるのだが、中間に赤ん坊を寝かせている。仕方なく、私は体を斜めにして蛇口を少しだけ捻る。ちょろちょろの水で手を洗った。

赤ちゃんに水がかからないよう気を遣ったのに、母親は悪びれる様子が全くない。文句の一つでも言ってやりたかったけれど、堪《こら》えてトイレを出た。

なんなんだ、あのお母さんは? こっちの気も知らないで! また慶和のことを思い出しちゃったじゃないか……。

　でも慶和ならあっち側に立って考えるだろうな。トイレにおむつ交換台を設置しない行政の怠慢を責め、父親や祖父母のサポートの不足を心配したはずだ。

　あの十代に見えなくもない母親は表情が暗かった。悲愴《ひそう》感すら漂っていた。育児ノイローゼなのかもしれない。私は立ち止まり、踵《きびす》を返した。手伝ってあげよう。子供の頃、親に五歳離れた妹の子守りを任されていたから、乳児の扱い方をいくらか知っている。

　数回喉を鳴らし、声の調子を整えてからトイレに戻った。すると、母親が両手で赤ちゃんの首を絞めていた。咄嗟に彼女を突き飛ばし、赤ん坊を抱きかかえた。小さな口から咳《せき》が出た。激しく噎《む》せ返る。よかった、生きてる。

　床に倒れた母親はすぐに上半身を起こしたが、立ち上がらずにその場で泣き崩れた。トイレ内に嗚咽《おえつ》が反響する。それに共鳴するかのように赤ちゃんも泣きだした。私はどうしていいかわからず立ち尽くす。

　十分ほど経っただろうか、母親も子も泣きやみかけた頃に、ひどく腰の曲がった老婆がトイレに入ってきた。当然、何事かと驚く。

「あれま、ノンちゃんじゃない？　どうしたの？」

　知り合いらしい。身内か、近所の顔見知りか。

「フミさん、警察を呼んでください」と母親は涙声で頼んだ。

自首するつもり？　警察沙汰はまずい。ややこしいことになる。下手したら私も検挙されてしまう。

「あの、そこまで大事《おおごと》に……」

「赤ちゃんの誘拐！」と老婆が叫び、手提げバッグの中をまさぐりだす。

「私がっ！　違いますよ。誘拐だなんて、とんでもない」

「あなた、埼玉の事件に触発されたんでしょ。ダム湖の」と一方的に決めつける。

早朝に観たテレビのニュースが頭を過った。

「待ってください。何を言ってるんですか。違いますって。ねぇ、お母さん？」

母親は「フミさん、実は……」と言いながら立ち上がろうとする。でも「いっっ！」と痛がって蹲り、右の足首に手を遣った。倒れた時に捻ったらしい。

「暴力を振るってるじゃない！　誘拐！　強奪事件よ！」

「誤解です。確かに私が押し倒したけど、そうするしかなかっ……」

老婆は私の話を聞かずに携帯電話を操作し始める。何回かボタンを押し、耳に当てた。

「ちょっと！」

力尽くで止めようとしたけれど、遅かった。

「すぐ来て。誘拐事件よ。場所？　トイレよ。公園の。えっと……」

私はトイレから飛び出した。全速力で車へ向かう。赤ちゃんを抱えたまま。手放せなかった。離れたくなかった。私がどんな対価を払っても手に入らないものが私の腕の中にある。この子をもっと感じていたい。この愛《いと》しさを胸の奥深く、より深いところへ埋めたい。

無我夢中で車に戻ると、助手席に赤ん坊を寝かせた。ここじゃ、駄目だ。車高の高い車からは丸見え。足元へ移動させようとしたが、躊躇う。何か敷かなくちゃ。いやいや、早くこの場から離れよう。敷くのは後回し。信号待ちの時でいい。さっと助手席の足元に置き、急いで発車させた。だが、すぐにシートベルトを忘れていることに気がつく。慌てて片手で締めた。

落ち着いて。冷静になろう。あの母親と老婆は追いかけてこなかった。彼女らに車に乗るところは見られていない。公園では誰とも擦れ違わなかったし、車の近くに人はいなかった。交通量も人通りも疎《まば》らだった。

車種はありふれたスズキの軽自動車。色はブラウン。目立たない車だ。練馬ナンバーに『東京モンか？』と気になった人が車の番号を控えていない限り、足が付くことはないだろう。

だけど、のんびりはしていられない。連れ去り事件が発生した場合、警察は先ず土地鑑のある者の犯行を疑う。見知らぬ場所で物色するのは不都合なことが多いし、突発的な犯行だったとしても他所者である可能性は低い。だから県内と隣接県に照準を定めるのが定石だ。捜査体制が整う前に東海地方から脱出しなくては。

大丈夫。焦りは禁物。普段通りの運転を心掛けるんだ。警察が緊急配備を敷いたとしても、県内の全ての車を検問するのは不可能。違反や不審な運転をしなければ見過ごされる。とにかく安全運転だ。チャイルドシートに載せていないのだから、事故を起こしたら赤ん坊の命に関わる。

信号で停止するや否や、後部座席からプラダのボストンバッグを助手席に移動させた。中から着替えの衣類を半分ほど出し、車外の様子を窺ってから赤ちゃんを入れる。そして出した衣類を助手席の足元に敷き詰め、その上にファスナーを開けたままのボストンバッグを置いた。

赤ん坊はぐずっているものの、大声では泣いていない。泣き声は車外には漏れていないはずだ。このままの状態を高速道路に乗るまで保ってほしい。高速ならどんなに泣き喚いても走行音が掻き消してくれる。

どこかの神様に私の願いが届いたのか、赤ちゃんが大泣きし始めたのは高速道路に乗った直後だった。ミルクもおむつもないので泣きやませられないのが心苦しいが、とりあえず一安心できる。東京に入るまでは気を緩められる。

ホッと一息ついた途端に、背後から罪悪感が忍び寄ってきた。今になって自分のしでかした事の重大さに気付く。なんてことをしてしまったんだ。どうしよう？　もう後戻りできない。

大体、家に持ち帰ってどうする？　犬や猫とは違うんだよ。どうやって育てるの？バレるに決まってる。運よく見つからずに匿うことができたとしても、大きくなった時には処遇に困る。

「しょうがなかった」と私は声に出して自分を肯定した。「私が助けなかったら、死んでた。あの母親は自首してもすぐに釈放される。きっとまた同じことをした。虐待する親はいくら勧告しても直らない。地域課にいた時に、改心しない親を何人も見てきた。通報を受けて動いたが、その場しのぎの反省しかしなかった。舌の根の乾かぬうちに虐待を繰り返す。警察や児童相談所が介入しても無駄だ。私がこの子を保護しなければ、いずれは死んでいた。こうすることが最適解だったんだ」

高速道路を降りるまで延々と自分の正当性を訴え続けた。

「私は正しい」

「母親が悪い」

「育児を母親一人に押しつけた家族も同罪だ」

「強制力のない児童相談所や市民を守る気概のない警察もいけない」

「そもそも弱者を見捨てるような仕組みを作った政治家の責任だ」

時には、赤ん坊の泣き声に負けないよう声を張った。誰かの、何かのせいにしないではいられなかった。自分は正しい。そう信じないことには前に進めない。どこにも辿り着けない気がしてならない。その恐怖が私たちの乗った車をずっと追ってきていた。

自宅マンションの周辺をぐるぐる回り、赤ちゃんが泣き疲れて眠りにつくのを待った。すやすやと寝息を立て始めると、急いでマンションの駐車場に停め、ボストンバッグのファスナーを閉める。そしてそろりとバッグを持ち上げ、車を降りた。起こさないようゆっくり歩を進める。

家に入ってからは忍び足で歩き、ソファにバッグを置いた。それからベッドにローテーブルを載せ、その上に布団をかけて炬燵《こたつ》みたいにした。ラグマット、バスタオル、コートやセーターなどの衣類も重ね、その中にバッグから出した赤ん坊を入れた。酸欠が危ぶまれるので、掃除機のホースで換気口を作る。パイプ部分の端をローテーブルの中に突っ込み、赤ちゃんの顔のそばに置いて外気を確保した。これで少しは騒音を抑えられるだろう。

このマンションは大通りに面しているので、ひっそりとするのは二十二時頃からだ。

それまでに万全な防音対策を施さなければ。現在の時刻は十七時五十六分。ネットで何が必要なのか調べたり、買い出しに行ったりする時間は充分にある。

パソコンを立ち上げ、『音漏れ防止グッズ』や『ギターの遮音方法』や『犬の無駄吠《ぼ》え対策』で検索し、買うものをピックアップしていった。そして最寄りのお店を調べ、メモ帳に書きなぐった。

出かける前に、ささっとシャワーを浴びてメイクと香水の匂いを落とした。地味な服に着替え、コンタクトレンズから眼鏡に替え、普段の自分に戻る。

私が『女性誌から飛び出てきた』みたいなお洒落をすることを知っているのは慶和だけだ。あの母親と老婆が警察に何を証言しようと、犯人の人相は今の私とほど遠い。天が味方してくれれば、捜査の網にかからないだろう。

先ずは、大型の楽器店に車を走らせた。店員に「組み立て式の防音室はありますか？」と訊ねると、展示されていた防音室の体験を勧められる。ぐずぐずしていられないから「以前に他所の店でチェックしているので」と遠慮し、購入の意思を示した。

明日にでも届けてほしかったのだが、「受注生産のため納期は一ヶ月ほどかかります」と言われた。どこのメーカーでも一、二ヶ月は待たなければならないらしい。仕方ない。納入されるまでは他の方法で凌《しの》ぐ他ない。私は速やかに購入の手続きを済ませ、次の目的地へ向かった。

ペットショップで小型犬用の防音ケージを買い、ホームセンターでは窓やドアの隙間を埋めるテープ、防音効果のあるカーテンとカーペットとシートをショッピングカートにどんどん放り込んだ。

イトーヨーカドーでは、哺乳瓶と粉ミルクと紙おむつとベビー服を買い集めた。それらは隣人に見られたら『赤ちゃんがいるの?』と疑われてしまうので、ボストンバッグとリュックに詰めて隠した。

両手いっぱいに荷物を抱えて自宅に戻ると、くぐもった泣き声が部屋の空気を震わせていた。急いで大泣きしている赤ん坊を防音ケージに入れる。音量がガクンと落ちた。電子レンジの起動音と同じくらい。これなら騒音にならない。

「狭くてごめんね。楽器の防音室が届くまでは我慢して」と私は小声で謝る。

その時、インターホンが鳴った。心臓がどきりとしたけれど、すぐに見当がつく。たぶんセールスだ。ついさっきも隣の部屋のインターホンが連打されていた。

誰であろうと居留守を使うつもりだが、念のためにと足音を忍ばせて玄関に向かう。そっとドアの覗き穴に片目を近付ける。男の制服警官だった。思わず後退りする。ナンバープレートを見られていたのか……。

逃げなくちゃ。でも間違いなくこのマンションは包囲されている。赤ちゃんを抱えて窓から出ても、何人もの捜査員が待ち構えているはず。強行突破は不可能だ。観念するしかない。

呆気ない幕切れを大人しく受け入れた。脳裡に母の顔が浮かぶ。突き放すような目付きで私を見ている。その視線に耐えきれず、目を瞑りながらドアを開けた。

「夜分に失礼します。隣の一〇三号室のことでお訊きしたいことがありまして」

恐々《こわごわ》と目を開けた私は「隣？」とまごつく。

「一〇三号室の住人は留守みたいなんですが、部屋を出て行く音を聞いていませんか？」

「わかりません。今、帰ってきたばかりで」と答えつつ頭を働かせる。

この警官が狙いを定めているのはお隣さんだ。私を捕まえに来たんじゃない。冷静になって考えてみれば、私を誘拐犯と断定していたら押しかけてくるのは私服の刑事だ。制服警官のわけがない。危なかった。もう少しで『すみませんでした』と口走るところだった。

ツキが私に味方している。帰宅時間も運に恵まれた。数分遅かったら警官と鉢合わせになっていた。大量の防音グッズと防音ケージを持ち運ぶ私を不審に思い、職務質問と所持品検査を行ったかもしれない。

「そうですか。近所の人から『両親が子供をほったらかしにして夜遅くまで遊んでる』という通報を受けたんですが、お隣は深夜に帰宅することは多いですか？」

「ええ、まあ」

「大体、何時くらいですか？」

「十二時半くらいです」

てっきり旦那が終業時間の遅い職業に就いているのかと。夫婦で遊び歩いていたとは。それで隣の赤ちゃんは泣きっぱなしだったんだ。今も微かに一〇三号室から泣き声が聞こえる。

「あっ」と私は思い出した。「二時間くらい前は家にいたんですけど、その時に一〇三号室から玄関のドアを開閉する音がしました」

「やはり出かけているようですね」と言って顎を小刻みに上下させた。「ご協力ありがとうございました」

「あの、一旦帰って出直すんですよね？　十二時半に」

「はい。そのつもりですが」

「一〇三号室の赤ちゃん、泣いていますよ。警察も赤ちゃんをほったらかしにするんですか？」

泣き声のボリュームが上がってきている。

「大家の許可を得ても、勝手に入るとあとで問題になることがあるんです。まだ疑惑の段階ですから」

「だけど、取り返しのつかないことが起こってからじゃ遅いんですよ。保護した方がよくないですか？」

「いつも泣いているんですよね？」

おそらく通報には『赤ん坊の泣き声がすごいんです。虐待されているかもしれません』というような内容も含まれていたのだろう。

「そうですけど」

「もしいつもと違う異常な泣き方をしたら警察に連絡してください」

なんなんだ、その無責任な対応は！　怒りに任せて罵りたくなった。けど、と我に返る。

「わかりました。何かあったら通報します」

「お願いします」と彼は言ってドアを閉めた。

職務怠慢な警官に絡んでいる場合じゃない。私には守るべきものがある。何に替えても守りたいものができたんだ。警察との接触はリスクを増やすだけだ。摩擦はもちろんのこと、ほんの些細《ささい》な関わりを持つのも御法度だ。

たとえ、隣の赤ん坊が壮絶な虐待で死にかけていても、冷徹に見殺しにしなければならない。何があろうとも通報などしない。私が捕まれば、この子は非道な親のところへ戻されてしまう。それは処刑場に送られるのに等しい。

あの母親が再び凶行に及ぶ姿がまざまざと目に浮かぶ。すんでのところで殺人者にならなかったが、彼女の手は罪深い色に染まっている。一度穢《けが》れた手はどうやっても清めることはできない。また絞め殺そうと我が子の首に手を伸ばす。

この子を死なせるものか。どんな手段を使ってでも、全てを擲ってでも私が生かす。自分の命さえも捨てられる。この身が裂けようとも守り通すんだ。

巡り会って半日も経っていないのに、十分ほどしか抱っこしていないのに、この子のことが自分の命よりも大切に感じられる。この存在を守るためなら、命を懸けられる。他人の命を犠牲にすることも厭《いと》わない。

そういう覚悟を持つことは親にとって自然なことなのだろう。我が子を愛する親なら至極当然な心の働きだ。私はこの子の親になる。雨が降ろうが槍が降ろうが、どんな災いからも防いでみせる。この子には私しかいないんだ。

それ以降、警察に冷や汗をかかされることはなかった。ニュースは「容疑者の特定に繋がる有力な手掛かりはなく、捜査は難航」と報じていた。目撃情報の「赤みがかった茶髪」「細身の体型」が足枷《あしかせ》になっているのかもしれない。本当は「黒色に近い茶髪」「中肉中背」だ。

あの母親は錯乱状態だった。平静を失っている時は、犯人の特徴を正確に捉えることは難しい。だが、母親は嘘の証言をしたのだろう。我が子を殺《あや》めようとしたことを警察や身内に話すのは気が引ける。隠したいに決まっている。

私が捕まらなければ母親の犯行は露見しない。保身のために犯人の人相を偽ったんだ。視力や判断力が衰えた老婆を言い包《くる》めることなんて訳もない。警察も老婆よりも母親の証言を重視するはずだ。

犯人の逮捕を望んでいないにも拘わらず、母親はマスコミの前で被害者ぶっていた。旦那と並んで「息子を返してください」と涙声で訴える姿に胸糞《むなくそ》が悪くなった。顔出しをしないところにも卑劣さを感じる。疚しい気持ちがないのなら、泣き顔を晒せばいい。その方がずっと同情を誘える。間違いなく涙なんか流していない。嘘泣きだ。

母親の年齢は十九歳で、女子トイレで受けた印象通りだった。旦那の方のテロップには名前の右横に『(37)』と表示されていた。いい年した大人が十代の小娘に手を出したのだ。

どんな馴れ初《なそ》めがあったにしろ、父親の方も程度が知れる。母親と似たり寄ったりで、ろくな人間じゃない。やっぱり私が引き取って正解だった。判断を誤っていたら、遅かれ早かれ実の親の手によって悲劇的な結末を迎えていた。

彼らは連日メディアに取り上げられたが、段々と扱いは小さくなり、あっという間に他のニュースに埋もれた。捜査に進展のない事件など流す価値がないのだろう。

ただ、事件の起きた日が巡ってくると、思い出したように「愛知乳児誘拐事件から一年」「現場付近で夫婦らがビラ配り」「発生から二年を迎え、風化を懸念」「両親が涙ながらに情報提供を呼びかけ」「未解決のまま丸三年が経過」などと報じた。それらの言葉からは諦観が滲《にじ》んでいた。

明人と名付けた赤ちゃんはすくすくと育った。もし私の手に負えない病に冒された時は、病院に連れて行こう。逮捕されてもいい。明人の命には替えられない。そう決めていたけれど、大きな病気にかかることはなかった。

私はほとんどの時間を明人と一緒に過ごした。乳幼児を家に残して働きには出られない。幸い当座を凌ぐ蓄えはあった。預金と父の遺産を取り崩してひっそり静かに暮らした。

人目に触れると逮捕に繋がるおそれがあるので、明人を外に連れて行くことはできない。だから食料品や日用品などの買い出しは一人で行った。所用時間は三十分以内に定めたけれど、一秒でも早く帰れるよう努め、できる限り外出を控えた。

三年間、プライベートな付き合いは一切しなかった。正月も「仕事が入った」「旅行の予定がある」「インフルエンザにかかった」等の理由で帰省を回避した。妹が訪ねて来た時も、「悪性のインフルエンザだから」と追い返した。

誰にも会いたくなかったし、何もしたくなかった。ほぼ毎日一畳ほどの防音室に明人と閉じこもっていたが、満ち足りた日々だった。この子の寝顔を眺めているだけで心が幸せで埋め尽くされていく。いつまでもこうしていられたらいいのに。この幸福感に永遠に浸っていたい。

しかし時を止めることは誰にもできない。時間の経過に比例して預金額が減っていく。無論、明人と暮らし始めた時から無一文の未来を予見していた。Xデーを少しでも先延ばしにするために節約に勤《いそ》しみ、子育てに必要じゃないものは売り払った。

在宅ワークで稼ぐ方法を模索したが、私の持っているスキルで得られる月収は、家賃一ヶ月分にも届かない。稼げる資格を取るための学校に通うことも不可能なので、ジリ貧に追い込まれた。

藁《わら》にも縋る思いで小説を書いて新人賞に応募してみた。この三年で『組織の腐敗に切り込んだ警察小説』、『トランスジェンダーの青年と幼馴染《おさななじみ》が織りなす恋愛小説』、『団地に住む老人たちが日常の謎に挑むミステリー小説』を書き上げた。でも一作も一次選考を通らず、才能のなさと現実の厳しさを思い知っただけだった。

とうとうお金が底を突き、働かざるを得ない状況に直面した。だが、まだ明人は三歳だ。留守番を任せられる年齢じゃない。不測の事態が起こった時に一人では対処できないし、言い付けを破って勝手に外に出る危険性もあった。

私に残された選択肢は家族に縋ることだけだった。先ずは、隠居生活を送っている母に泣きついた。初めて明人を外に連れ出して埼玉の実家を訪ね、「働きに出ている間、子守りをしてほしい」と頼んだ。当然、明人の出生に関しては本当のことは言えない。

だから「親友が産んだ子なんだ」「その友達は夫からＤＶを受けていて、うちで匿ってあげた」「弁護士が間に入ってなんとか離婚が成立したんだけど、身籠っていた」「けど元夫は『他の男とデキてたんだろ』って認知しなかったから、生まれた子に戸籍がない」「弁護士に相談中に親友は事故死した」「親族から爪弾《つまはじ》きにされていた子だから、誰も明人を引き取ろうとしなかった」「放っておけなくて自分の子として育てることにした」などと嘘を並べた。

私が話し終わるまで身じろぎ一つしなかった母は「人にはそれぞれ持って生まれた器がある。そう教えたはず」と冷ややかに言った。身の程知らず。その通りだ。自分一人で育てる力がないのなら保護してはいけなかった。

けど、知ってるよ。私の器じゃ明人が零れちゃうことくらい。それでも欲しかったんだよ。私は母親の器になりたかったの。お父さんとお母さんが充てがった器を叩き割ってでも欲しかった。だって私は、本当の私は……。

喉まで出かかったが呑み込んだ。話してもしょうがない。前世代的な価値観に縛られている母には理解されない。

「ごめん。邪魔した」と私は告げ、交渉のテーブルから離れた。

奥の部屋に行き、寝かせていた明人を抱きかかえる。背後に母の気配を感じた。なんで付いて来た？　小言なんて聞きたくない。

「母親の次は妹のところ？」と冷淡な声を私の背に浴びせた。

妹は結婚四年目にして待望の赤ちゃんを出産したばかり。当分は家で育児に専念するはずだ。どうにか掛け合って夜だけでも預かってもらわなくては。そうすれば、夜勤の仕事に就ける。可能な範囲内で子守り代を出してもいい。

「できるだけ迷惑がかからないようにするから」

「そう」と関心がなさそうに言うと、私の左肩に手を乗せた。「だいぶ痩せたわね」

母の手も細くなったように感じた。

「うん」

「うちで食べていく時間はないの？」

「あるけど」

「明人くんが好きなものは？」

「コロッケ」

「一緒ね。やっぱり似るものね」

「うん」

「明人っていい名前ね。由来は聞いてるの？」

「ごめん。聞いてない」

本当は由来を教えたかった。母に聞いてほしかった。でも涙を堪えるので精一杯で、もう口を開けなかった。ごめん、お母さん。心の中で親不孝を詫びた。


母が心不全で亡くなった時も、誰にも聞こえない声で謝った。死んだことを喜んでごめんなさい、と。

六年間、明人の世話をあれこれ焼いてくれたことには本当に感謝している。母が厳しく躾《しつ》けたおかげで明人は常識や礼儀作法を身につけることができた。

それだけでも頭が下がる思いなのに、母は知り合いの知り合いの小児科医にお願いして『健康保険証のない子の予防接種』を取りつけ、親戚の元小学校の校長先生の伝を頼って『無戸籍の子の入学』を容認させた。

いくら感謝してもし尽くせない。恩返しを全然できなかったことも悔やみきれない。だけど母が亡くなったことにホッとした部分もあった。明人が中学を卒業したら自首する意思を固めている。だから心の底で母の死を密かに願っていたのだ。母を犯罪者の親にしたくなかった。

母と相談して「明人が大人になるまでは『血の繋がった親子』ということにする」

と取り決め、近所には「離婚して息子を引き取り、実家に戻ってきた」と伝えた。

小児科医や元校長など便宜を図ってもらう人には「離婚のゴタゴタでまだ戸籍がない」と説明した。だが、それらの嘘が通じるのは明人が義務教育を修了するまでだ。高校に進学するには戸籍が必要になる。

気を揉《も》んだ母が「まだ元夫の認知が得られないの？　いつになったら明人を養子に入れられるのよ」と急かすたびに、私は「あともう少し」と先延ばしにし続けた。正式な戸籍を用意する方法は一つしかない。自首して血の繋がった親のところに子供を返す。

もちろん、離れがたい。明人との離別は胸が張り裂けるほどの激痛が生じるに違いない。でも子供の将来を思えば甘受する以外にない。進学、就職、結婚。みんながごく当たり前に享受する人生を子供に与え、陰ながら応援するのは親の務めだ。私は明人の親として責務を果たさなければならない。

明人に大まかな経緯を話すつもりだけれど、実の母親に殺されかけたことは伏せる。私が悪役を一身に引き受けて『自分勝手な欲望を満たしたいがために、なんの罪もない人から赤ちゃんを奪った』と伝えれば、明人は本来の家庭に溶け込みやすくなる。

私を『ずっと騙しやがって！』と憎んでくれたら、本望だ。哀しみに暮れて『僕の親は一人だけでいい！　本当の親なんていらない！』と嘆くより、怒り狂って『悪党は地獄に落ちろ！』と私に恨みをぶつけてほしい。その方が明人にとって遥かに有益だ。

私との親子の縁を断ち切らないことには、明人の人生は前に進まない。私のことなんか置いてどんどん先に行ってほしい。恨み疲れて『もう忘れよう』と私と過ごした日々をなかったことにしても構わない。私の願いは、明人が平穏な人生を送ること。ただそれだけ。

「なあなあ？」と明人がチョコバナナパフェのホイップクリームを口の端につけたまま訊ねる。「トモちゃんは空手やったことあんの？」

「ないよ。弓道はあるけど」

「キュウドウ？」

「弓で的を射るスポーツ」

高校時代に袴《はかま》姿に憧れて部に入った。

「へー、カッコいいじゃん」

「空手の道着もカッコいいよ」とさり気なくプッシュする。

血縁上の親のところに戻すまでに格闘技を身につけさせたいと考えていた。危害を加えられた時に備えて。

「あれもいいよな。強そうで」と言うと、体をもぞもぞさせて別の質問をする。「イクラと違って鶏の卵は雄がいなくても産めるって本当?」

私は湯呑に口をつけ、質問の意図を思案する。イクラの軍艦や玉子を食べている最中にテレビか何かで聞き齧ったことを思い出した？　それとも、遠回しに自分の出生について探っている？

明人には『あっくんが赤ちゃんの時に、性格の不一致で離婚した』『別れてすぐに交通事故で亡くなった』『隣の家からの貰い火で焼け出され、実家に戻った。写真や動画はその時に全て焼けてしまった』『向こうの親戚は一人もいない。天涯孤独だったから』などの嘘を並べ、信じ込ませた。だが、十歳にもなると知恵がついてくる。突っ込みどころがないのが逆に怪しい、と疑っているのかもしれない。

「本当だよ。長年の品種改良で雄なしで産めるようになった」

「へー、すごいね」

心なしか空々しかった。何かを隠しているような感じだ。

「学校でなんか言われた?」

「なんも」

「からかわれたんだ?」と私は鎌をかける。「誰に虐められた？　先生に叱ってもらおう」

「そんなんじゃねーよ。ちょっと弄られただけだよ」

「なんて？」

「大したことじゃないよ。『徳永明人のところって親が一人しかいないから、鶏の卵みたいだな』ってだけ」

相手に悪気はなかったのだろう。でも他意のない言葉でも持たざる者や少数派は傷付くのだ。しかも、今の明人は精神的に不安定な状態だ。私の母が亡くなって一年、教育係兼母親代わりを失った影響が顕著に現れ始めている。

「それは間違った知識。雌だけで産んだ卵はどんなに温めても孵化《ふか》しない。食用の卵には命は入っていないんだよ」

「ふーん」

「卵を産めない雄にはどんな運命が待っているか知ってる？」

「肉になって店に並ぶ」と明人は自信がありそうに答えた。

「ブッブー。雄は食べても美味しくないから、わざわざ育てない」

「じゃ、どうなんの？」

私は首を伸ばして明人に顔を近付け、声を潜める。

「なんの役にも立たない雄は卵から孵《かえ》ると、すぐに天国行きになるんだよ」

「マジで？」

「徳永明人は人間に生まれてきてよかったね。これからは鶏の雄の分も真面目に生きるんだぞ」

「んだよ、その説教は。食べ物屋で気持ちわりぃ話すんなよ」と文句をつけ、席を立った。「もう出ようぜ。帰ってゲームやる」

「ゲームは宿題をやってから。あと、口を拭いて」

「はーい」

明人が正しい知識や鶏の蘊蓄《うんちく》など求めていないのはわかっていた。だけど慰めの言葉をかけてほしいわけじゃないことも理解していた。明人は無駄なないものねだりはしない子だ。うちには親が一人しかいないけど、どうにもならないこと。そう運命を受け入れて前向きに生きている。

ただ、ふとしたことで立ち止まる時がある。抗いたいんじゃない。不意に入り込んだ遣り場のない気持ちを吐き出すために足を止める。ガス抜き以外の目的はない。単に外に出したいだけ。だから私も一緒に立ち止まり、明人の胸に支《つか》えていたものをしっかり受け止める。それも私の務めだ。


回転寿司店から出ると、二手に分かれた。明人は宿題を片付けるために家に帰り、私は晩御飯の食材を調達しにスーパーへ向かう。献立を考えながら近道の裏通りを歩いていたら、スーツの女性に「ちょっと、いいですか？」と声をかけられた。

私の進路を塞ぐが早いか、眼前に警察手帳を提示する。鈍く光る旭日章に心臓が飛び跳ねた。

「お住まいは近くですか？」

「ええ」と動揺を隠して頷く。

「この道はよく通ります？」

「はい。週に何回かは」

動悸《どうき》が落ち着いてくる。問題なさそうだ。私をただの通行人だと思っている。この刑事は他の事件を追っているのだろう。それにしても、若いな。大学生くらいに見える。相当優秀なのか、胡麻擂りが上手なのか。

「この人を見かけたことはありませんか？」

そう訊ねて上着のポケットから取り出した写真には、中年の男性が写っていた。路上で撮られたものだ。ん？　手前にあるのは車のダッシュボード？　そっか、これはドライブレコーダーだ。静止画をプリントアウトしたんだ。

「見覚えはないけど、この人は何か凶悪なことをしたんですか？」

明人のことが不安になった。危険な犯人が近所をうろうろしているんじゃ？

「そういう人物ではないので、心配はありません」

「でも小さな事件じゃないから刑事が動いているんでしょ？　うちには小学生の子供がいるんです。怖くて一人歩きさせられません」

女刑事はほんの少し表情を曇らせたあと、私が進もうとしていた方向を指差す。

「この道の先に電話ボックスがありますよね？」

「ええ」

「その電話から悪戯電話をかけた男を捜しているんです」

「ひょっとして今話題の悪戯電話ですか？」

単なる迷惑電話くらいなら交番のお巡りさんが処理する案件だ。

「お答えしにくいので、『ご想像にお任せします』で勘弁してください」

「わかりました」

「もし写真の男を見かけたら通報をお願いします」

「はい」

目撃することはなさそう。ニュースによると、犯人は毎回違う場所の公衆電話からかけている。もうこの近辺には現れないだろう。

ただ、着実に捜査網が狭まっているようだ。犯行時刻・現場はわかっているので、地道に周辺の防犯カメラやドライブレコーダーの映像を収集・分析していけば、被疑者を絞り込める。写真の男は複数の現場に出没していたに違いない。

私が歩きだした途端に、進行方向から恰幅《かっぷく》のいい男が小走りでやって来た。私にちょこんと会釈してから「ヒナ、収穫は？」と訊く。

「ゼロです。クマさんは？」

「同じだ。署に呼ばれたから一旦戻るけど、ヒナはどうする？」

「私はもう少し聞き込みを続けます」

「んじゃ、何かあったら連……」

男の刑事には見覚えがあった。私より一、二年先輩だった人だ。話したことはない。合同訓練か何かで数回見かけた程度の間柄だ。名前はなんだったっけ？　相棒に『クマさん』と呼ばれていたけれど、名字に『熊』や『隈』なんて入っていたかな？　聞き慣れない名字だった記憶はあるけど……。

うーん……。駄目だ。出てこない。一文字も頭に浮かんでこない。記憶の底に埋もれてしまったようだ。まぁ、いいか。向こうは私が元警官であることに気付きもしなかったんだし。

あの人は刑事になれたのか。時々『ノルマ一位の営業ポリス』『飛び抜けた検挙率の裏で無実の市民が泣いている』『非番の日に刑事課に顔を出して雑用を引き受ける腰巾着』『刑事になったとしても、源氏名は胡麻擂りデカだな』などの戯言《ざれごと》が耳に入ってきたが、なりたいものになれた人は立派だ。手段や目的の是非はともかく、彼は志を失わずに邁進したのだ。

その気概で悪戯電話の犯人をさっさと捕まえてほしい。写真の男のせいで再び愛知乳児誘拐事件がクローズアップされ、あの母親が時の人となった。彼女はマスコミの前で激しく取り乱しながら被害を訴えたが、相変わらず泣き顔を晒さなかった。いつもの嘘泣きに過ぎない。

我が子を絞め殺そうとしておいて、よくもしゃあしゃあと悲劇のヒロインぶれたものだ。大方、隣にいた旦那に良き母をアピールし、『本当に息子を愛していたのか?』というような疑惑を払拭したいのだろう。

私には全く真剣さが伝わってこない会見だった。生活が脅かされるからか、今回は実名を伏せていた。ただ、事件名を前面に押し出していたので、ちょっとネット検索すればヒットする。浅はかとしか言いようがない。

悪戯電話のニュースを見聞きするたびに虫唾が走る。忌《い》ま忌《い》ましいことこの上ない。早く犯人が検挙されて話題が下火になってほしい。離別の日が刻一刻と迫ってきているんだ。余計なことに心を消耗している暇はない。

あと五年しかない。私の一分一秒は余命を宣告された人と同じ重さがある。明人と離れ離れになった瞬間、私の人生は終わる。もう心は動かない。だからそっとしておいて。どんな罰も甘んじて受けるから。

手早く買い物を済ませて家路を急ぐ。店内の焼き芋コーナーに超特大の安納芋《あんのう》が売っていた。焼き芋が大好物な明人をびっくりさせたくて、温かいうちに食べさせたくて早歩きのペースが上がっていく。

ところが、さっきとは別の声に「あの、すみません」と呼び止められた。今度は何？　声の方へ首を捻ると、ミニバンの運転席の窓から黒縁眼鏡をかけた女性が顔を出していた。

二十代中頃くらいか？　女の美しさがピークに達する時期なのに、輝きがまるで感じられない。具合でも悪いのか？

「このへんに『アルク・アン・シエル』っていうフレンチのお店はありますか？　エスカルゴが絶品の」

「いえ」

聞いたことがない。最近オープンした店か？

「ここってどのへんですか？」と眼鏡の女は画面に地図を表示したスマホを私に向けた。

もう。急いでるのに。やきもきしながらも車に近付き、彼女のスマホを覗き込む。

地図を拡大しようと画面に触れた時、女がトーンを下げて「車に乗って」と言った。

「えっ？」

反射的に後退りしかける。だが、背後に男がいた。いつの間に？

「乗れ！」と命じて背中に尖ったものを突きつけた。「刺すぞ」

スライドドアが開き、私は後部座席に押し込まれた。ドアが閉まり、車が動き始めると、男はどこからか手錠を出して私に投げつけた。

「両手を後ろに回してつけろ。元警官なら扱いに慣れてるだろ」

私の経歴を知っているということは、無差別な犯行じゃない。はなから私を狙っていた。でもなんのために？

男が「早くしろ！」と急かし、刃渡り十センチほどのナイフで脅した。私は言われた通りにする。だが、警察に配備されている手錠とは種類が異なり、やや手間取った。重さや質感から玩具ではなさそう。

「背中を向けろ」と指示し、きちんとロックされているか確かめる。

その最中に、ハッとした。この男、さっきの写真の男に似てる！　けど、なんで悪戯電話の犯人が私を襲うんだ？

あっ！　あの人は！　対向車線の歩道に女刑事がいた。通行人に聞き込みを行っている。助けて！　必死に目で訴える。だけど車道とは反対の方を向いている。通り過ぎちゃう。こっちを見て！　気付いて！

「何してる！　前を向け！」と男ががなった。

私は体の向きを変え、「何が目的なんだ？」と訊く。声が微かに震えた。

「わからない？」と女が挑発的に言い、運転しながら黒縁眼鏡を外して私の方へ放り投げた。

ドアのガラスに当たってから私の太腿の上に落ちる。

「この十年、私はあんたのことをほんの一瞬も忘れたことがない」

ルームミラーを介して女と目が合う。その瞬間に記憶が繋がった。

「嘘っ！　なんで、どうやって……」

あの母親だ。実年齢よりもだいぶ若く見えるけれど、間違いない。夫婦で復讐の炎を燃やし、私に恨みを晴らそうとしているんだ。

でもなんで悪戯電話の事件を起こした？　騒ぎを大きくしたくてマスコミの前で自作自演のパフォーマンスを見せたのだろうが、悪戯電話と私への復讐はどう結びつく？

「母親の目の前で子供を攫っておいて、よく顔を忘れられるな」と男が言ってナイフの刃先を向ける。「見つかるわけがないって安心しきってたんだろ」

「殺す気か？　待ってくれ。おまえたちが犯罪に手を染め……」

「無理に男ぶらないでいい」と男が遮った。「性同一性障害だってことも調べがついてる。十年前までは女装に励んでたことも」

「警察はお手上げ状態だったから、自分たちで血眼《ちまなこ》になって捜したわ。徳永智彦《ともひこ》。やっと見つけた」

「今度はおまえが誘拐される番だ」と男は凄《すご》みを利かせ、私の喉元にナイフの刃を当てた。

肩の力が抜ける。よかった。大丈夫だ。この人たちのところへ戻っても明人は辛い目に遭わない。行方不明になった我が子を十年間も自力で捜し続ける親なんてそういない。愛に溢れた両親だ。きっとあの時の母親は育児ノイローゼのせいで正常な判断ができなくなっていたのだろう。

安堵《あんど》感と同時に途方もない罪悪感が押し寄せてきた。私がやったことはただの悪だった。幸せな家庭から子供を奪い、家族みんなを不幸にした。償いようのない罪を犯したのだ。どんな惨《むご》い殺され方になっても文句は言えない。

ただ、一つだけお願いがある。明人のために捕まらないでほしい。悪党は育ての親だけでいい。実の親が犯罪者なんて明人が可哀想すぎる。

「好きなように殺していい。でも証拠を残さずにやってほしい。あなたたちが捕まったら哀しむ人がいる」

「物分かりのいい振りをして俺たちを油断させようったって無駄だぞ」

「そんなんじゃない。どんな報いもこの身で受ける。気が済むまでいたぶってから、殺せばいい」

「せめてもの罪滅ぼしに潔く死ぬってか。虫のいい話だな」

「あんたの罪は死んでも消えない」と女が吐き捨てるように言った。「けど、死んで詫びる気があるんなら、大人しく私たちに従って」

「何をするつもり？」

ルームミラーに映る女の目が鈍い光を放った。不気味な眼差《まなざ》しに全身の皮膚が粟立《あわだ》つ。女は毅然とした口調で「私たちから奪った十年を返してもらう」と言った。

第四章　陽と月

僕の名前

四年二組　徳永　明人

『明るい人』と書いて『明人』。それが僕につけられた名だ。でも明るい人って元気だけがとりえっぽくて、なんかダサい。お調子者っぽい感じがするし、いつも明るくしてなくちゃいけないような気がして嫌だった。いじられることもあるし。

なんで『明人』なんて名前にしたんだろ？　ずっと不思議に思ってたけど、名づけた理由をお父さんに聞けなかった。聞いたら、僕が『明人』を気に入ってないことがわかっちゃいそうだから。

たぶんどこの親も頑張って考えて子供に名づける。本人は一番いい名前をつけたと思ってる。その名前に対して「なんで？」って聞くのは、親を悲しませるような気がした。

だけど、ある日クラスメイトに「明人、なんかおもしろいことやってよ。場を明るくして」と言われたら、なんでかすごくムカムカして我慢できなくなった。家に帰って「なんで『明人』って名前にしたの？」と聞いてしまった。

すぐに後悔したけど、お父さんは少しも嫌な顔をしないで教えてくれた。『明』って漢字は『日』と『月』が合体してる。僕は『日』を太陽だと思ってたけど、『窓』のことだった。窓から入ってくる月の光。それを表した漢字が『明』だ。

電灯がない時代の人たちは月の光を頼りにしてた。青い空でギラギラ輝く太陽よりも真っ暗な夜にほんのり人々を照らす月の方が貴重に思えた。日光よりも月光の方が『明るい』って感じたらしい。

お父さんはちょっと照れ臭そうに「初めて抱っこした時に、あっくんが闇夜に射《さ》し込む月光みたいに思えたから『明人』にした。女の子だったら『明子《あきこ》』だったかも」と言った。親を明るく照らす存在。それが僕の名前の由来だった。

僕が月光ならお父さんは日光だ。どんな時も僕を温かい光で包んでくれる。うちは親が一人しかいないけど、お父さんが二人分の明るさで僕を照らす。そんなお父さんのことが大好きだ。

二枚の原稿用紙に収まらなかったから、最後の段落は二枚目の裏に書いた。山沢《やまさわ》先生は細かいことにうるさいけど、今回は大目に見てくれるだろう。お望み通りに感動的な作文に仕上げたんだから、きっと大丈夫だ。

シングル家庭の子にとって『親への感謝』っていうテーマの作文はひどく書きづらい。先生が『徳永のところは男手ひとつで育てているんだから、父親との心温まるエピソードが読めるはずだ』って期待してる気がして、なかなか鉛筆が走らなかった。

授業参観で発表することになってるので、一段と変なプレッシャーを感じる。みんなが美談を求めてる。平凡な内容だと白けちゃう。なんとかしてシングル家庭の子っぽい作文にしなくちゃ。そんなことに頭を悩ませながら書いたから二時間もかかった。

いったい、誰が二分の一成人式なんて考えたんだろ？　お父さんが子供の頃にはなかったらしい。なんのために始めたんだ？　親への感謝は人前でするものじゃない。育ててもらってる恩は大人になってから行動で返せばいいと思う。意味がわからない。もっとマイノリティーに優しいイベントを考えてほしい。ただでさえ、普段から肩身の狭い思いをしてるんだから。

シングル家庭の子には偏見がつきまとう。性格の暗い子、暴れん坊、捻くれ者に親が一人しかいないと、『やっぱりね』っていう目で見られる。しっかり者や大人びた子でさえも、『シングル家庭だから子供らしく伸び伸び生きられない』って同情される。

全くいい迷惑だ。こっちサイドからしたら、親が二人揃ってる問題児や変わり者を腐るほど知ってる。なんでもかんでも原因を家庭と結びつけるのはやめてほしい。

でもそんなことを訴えても理解されない。逆効果で『かわいそうな家の子』っていうイメージが強まるだけ。だから僕はできるだけ『普通の子』って思われるよう努めてる。明るくもなく暗くもない。活発でもおとなしくもない。ガキ臭いと大人っぽいの中間。どこにでもいる子を演じてれば、偏見は薄まる。

ただ、どんなに頑張ってもシングル家庭のイメージが先行する時がある。今回の作文みたいに。そういう時は無理に反発しない方がいいことを経験から知った。周りからかわいそうと思われるのは嫌だけど、そう思いたい人たちの願望を満たさないと、どういうわけかおかしな空気になるんだ。

僕は家でも『普通の子』を演じてる。心配性のお父さんが『親の愛情が足りていないのかも？』って気にかけてばかりいるからだ。安心させるために、無邪気に振る舞ったり、ガキっぽい言動でちょっと困らせたりして、子供らしさを演出してる。

結構さじ加減が難しい。物分かりがいいと聞き分けが悪いの真ん中を狙ってるんだけど、時々やり過ぎて『クソガキ』になる。最近は上手にバランスが取れないことが多い。なんでか、自分のコントロールが利かないんだ。この作文みたいにはみ出しちゃう。どうしてだろ？　なんでうまくいかないんだ？　うーん……。

とりあえずは、宿題が終わったから良しとしよう。お父さんのことは本当に大好きだし、嘘は書いてない。ラストでちゃんと丸く収まった作文にもなったし、これでどうにか来週の二分の一成人式を乗り切れる。

そういえば、お父さんの帰りが遅い。何やってんだろ？　スーパーの買い物くらいなら一時間もかからないのに。事故にでもあってないといいけど。

不吉な想像をしたと同時に、インターホンが鳴る。リビングに行ってモニターを確認すると、スーツ姿のおじさんとお姉さんが映ってた。通話のボタンを押して「はい？」と応答する。

「埼玉県警の者ですが」と女の人の方が言ってインターホンのカメラに警察手帳を近付けた。「徳永智彦さんはご在宅でしょうか？」

「今、出かけてるけど」

なんで警察が？　悪い予感しかしない。

「徳永智彦さんのお子さんですか？」

「うん」

「お母さんはいる？」

「うちはシングル家庭で、今はお父さんと二人で暮らしてる」

お姉さんとおじさんは顔を見合わせ、ボソボソと相談してから「あのね、お父さんのことで大切な話があるんだけど、家の中に入れてくれる？　近所の人に聞かれたくない話なの。玄関でいいから」と言った。

「う、うん。今、開けに行く」

大急ぎで玄関へ行き、ドアを開けた。お姉さんが腰を屈めて目線を合わせ、「岡浅《おかあさ》望々花《ののか》です」と名乗って僕にもう一度警察手帳を見せる。顔写真の下にフルネームがあった。

おじさんも腰を折ったけど、背が大きいから目線は同じ高さにならない。

「音尾《おとお》陽吉《ようきち》です」と言って警察手帳を僕の顔の前に差し出した。

「僕は明人。徳永明人です」

「明人くんはいくつ？」

「十歳」

「明人くん、気持ちをしっかり持って聞いてね」と岡浅刑事が優しく言ったけど、脅し文句みたいに聞こえた。

「う、うん」

「一時間くらい前にこの近所で、男性が無理やり車に押し込まれて連れ去られたの。現場に被害者の財布とスマホが落ちていて、財布の中に徳永智彦さんの免許証が入っていた」

「お父さんが連れ去られた！　なんで？　なんでお父さんが？」

岡浅刑事が僕の両肩に手を乗せた。

「落ち着いて。今は一刻を争うの。事件が起きた時は初動が大事。すぐに犯人の手掛かりを集めて捜査を始めれば、解決できる確率が大きく上がる。だから私たちの質問に答えて。明人くんの持っている情報が頼りなの」

急いでる理由はちゃんと理解できたし、お父さんを助けるために歯を食いしばって捜査に協力しようと思った。でも喉の奥に何かが詰まってて、言葉が出てこない。肩が小刻みに上下し始め、涙が込み上げてきた。

「明人くん？　大丈夫？」

涙を堪えるので精一杯で、首を振ることもできない。縦にも横にも動かせない。ちょっとでも動かしたら涙が溢れ出ちゃう。

突然、右の耳たぶに痛みが走った。岡浅刑事が摘まんだんだ。

「少し荒っぽいことをするけど、今は手段を選んでいる時間がないの」

更に強い力で引っ張られる。

「痛い！　痛い！」と僕は大声で訴える。

「何やってんだ！」

音尾刑事が僕たちの間に入り、相棒の腕を掴んだ。指先の力が弱まり、耳たぶは解放された。すごくジンジンする。いつの間にか頬が濡れてたけど、不安による涙なのか、痛みによる涙なのかわからない。

「痛みが引くまでは私の話に耳を傾けて。私は子供専門の心理カウンセラーの資格も持っているの。だからこういう状況で子供の気持ちをリラックスさせる方法を習得している。明人くんが許可するなら特別な暗示をかけるけれど、どうする？」

答えようとした寸前で、音尾刑事が「おい、署長の許可を取ってないだろ？」と横から口を出した。

「一つ一つ手続きを踏んでいたら、包囲網を敷く前に犯人に逃げられてしまいます。いいんですか？」

「けど、十歳の子に暗示をかけるのは危険だ。十二歳以上って決まりがあるだろ。解けなくなったらどうするんだ？」

「事件の解決後に多少の後遺症が残ることよりも、徳永智彦さんを無事に救出する方を優先させるべきだと思います。もし暗示が完全に解けなかった時は、退職届を出しますし、一生を懸けて明人くんのアフターケアに努めます」

「クビや人生を懸ければいいって問題じゃない。俺たちは組織の一員なんだぞ。勝手なことばか……」

「やってください！」と僕は思いっ切り叫んだ。「僕に暗示をかけて。お父さんを助けたい。無事に戻ってくるならなんでもやる」

「いいのね？」と岡浅刑事が重みのある声で確認する。

「うん」

「じゃ、ここの電気を消してくれる？」

僕は腕を伸ばしてスイッチを押す。薄暗くなった玄関で、岡浅刑事が上着のポケットから使い捨てライターを出して火を点けた。

「これを見て」と言って僕の顔の前に近付ける。「炎の下の部分、青いところをじっと見て」

「うん」

「よーく集中して」

僕が小さく頷くと、火を消したり点けたりを繰り返した。目がチカチカする。

「消えたあと、炎の残像が見えるでしょ？　それをしっかり記憶して。目に焼きつけるの」

「うん」

なんの意味があるのか全然わからなかったけど、全神経を集めて炎を見つめる。岡浅刑事は少しずつ点火と消火のテンポを遅くし、「残像をそのまま留めるようイメージして」と指示する。

「うん」

「消えたあとも炎は目の前にある。本当は消えていない。炎はあるの。念じて、『炎はある』って」

心の中で『炎はある』って唱えた。

「イメージできた？　消したあとも炎は存在し続けている？」

「まだできてない」

ライターのスイッチがカチッと鳴ると、すぐに残像は消えちゃう。

「初めの時よりは長く残像が見えるようになってない？　ほんのちょっとでもいいの」

「なってるかも」

気のせいかもしれないけど、ちょっぴり長くなってるような……。

「それじゃ、ここからが本番。炎を強くイメージしたまま私の話を聞いて」

「うん」

「お父さんが誘拐されたら、十歳の子が冷静でいられなくなるのは当然。だから君は事件と距離を置くの。遠くを眺めるような気持ち、他所の家で起こったことだと思って、外野から事件を見る。そうすれば、君は傷付かないでいられる。言っていること、わかるかな？」

「なんとなく」

ぼんやりとは呑み込めた。自分は事件とは関係がないって思い込めばいい。でもそんな簡単に切り替えられるのかな？

「安全地帯から事件を眺めるために、君は事件が解決するまでは別人になる」

「別人？」

「二重人格って知ってる？」

「聞いたことある」

「辛い目に遭った子供は二重人格を発症することがある。重い現実を受け止めきれなくて、無意識に心にもう一人の自分を生み出すの。嫌なことはそれまでの自分に押しつけて、新しい自分は安全なところに避難する。そうすれば傷付かないで済む。わかる？」

「なんとなく」

「これから意図的に君の心に別の人格を作る。徳永明人じゃなくなれば、事件を他人事だと思える。今から君は『リキ』っていう名前の子供にチェンジする。漢字で『力』って書いて『リキ』。名前の通り、とっても強い男の子。どんな辛いことがあってもめげずに打ち克《か》てるヒーロー。そんな逞《たくま》しいリキになるの。さあ、強く念じて、『自分はリキだ』って。腹の底から三回念じて」

ありったけの気持ちを込めて三回念じる。自分はリキだ。自分はリキだ。自分はリキだ。

「念じ終わったけど」

「もう君の潜在意識の中に『リキ』はできあがった。この炎と一緒。境目はなくなっている。点けても消しても炎が見えるように、『リキ』も心に焼きついた」と言って岡浅刑事は火を消したライターを僕の手に握らせた。「毎日、起きた直後と寝る前に炎を見て三回念じること。暗示が薄れたと感じた時は、目の前に炎をイメージして」

「うん」

「難しく考える必要はないの。学芸会みたいに割り当てられた役を演じればいいだけ。君は刑事モノの劇に出演する子役。役名は『リキ』。父親が出張中に警察が隣人の徳永智彦さんのことを訊きに来た。リキは知っていることを話すだけでいい。簡単な役でしょ？」

話に合わせて頷いたけど、うまく演じられる自信はない。

「玄関の電気を点けたら、演技スタート。事件が解決するまでは、リキになりきる。その間、徳永智彦さんは隣人だから『お父さん』って言葉は使わない。心の中でも『お父さん』って思っちゃ駄目。いい？」

「わかった」

岡浅刑事が腰を上げ、照明のスイッチを入れた。玄関が明るくなり、僕は目をしばしばさせる。じっとライターの点滅を見てたからか、視界がぼやっとする。

「リキくん、事情聴取をする前に、家の中を調べていいかな？　犯人が潜伏していないか、外から侵入しやすい経路はどこか、念のためにチェックしたいの」

「う、うん。どうぞ」

呼ばれ慣れてないから『リキくん』にちょっとまごついた。でも暗示をかけられる前よりはずっと気持ちが落ち着いてる。やっぱり専門の人ってすごい。お姉さんたちに任せておけば大丈夫。きっとすぐに事件を解決してくれる。

暗示のおかげで刑事たちの質問にはきはきと答えられた。大部分は徳永智彦の人間関係について訊かれた。だけど「人に恨まれていなかった？」「近所の人と揉め事を起こしていない？」「職場の人の悪口を言っていたことは？」「誰かとお金の貸し借りをしていなかった？」などの問いかけに全く心当たりがなかった。

すると、質問が大まかなものに変わった。

「徳永智彦さんの知り合いを思いつく限り言ってくれる？」

僕は手当たり次第に挙げる。親戚、近所の人、友達の親、学校の先生、会社の人。

刑事たちはそれぞれにメモをとった。

そして僕が「もう浮かばない」と言うと、音尾刑事が「本部に連絡して一人ずつ洗ってもらう」と相棒に告げてダイニングを出て行き、廊下で電話をかけ始めた。

「リキくん、頑張ったね。偉いよ」と岡浅刑事は目を細めて褒める。

「いや、全然」

暗示様々だ。リキを演じよう。そう心掛けてると、事件のことが作り話のように思えてきた。警察の人たちも役者で、みんなでお芝居をしてるんだ。学芸会なら現実とは関係ない。

お芝居だと思って刑事たちと接してたら、『あっ、綺麗な人だった』と気付いた。岡浅刑事は色白で目がぱっちり。日々悪党と戦ってるせいか、ちょっと疲れた顔をしてるけど男子がドキッとする美人だ。

音尾刑事は男前ではないけど、愛嬌《あいきょう》のある顔をしてる。ただ、髭が濃い。口の周りが青々としてる。

「あとは私たち警察に任せて、リキくんは事件のことを考えないようにして。リキくんがどんなに心配しても、自分の心が弱っていくだけなの。事件が解決しても、心が病気になっていたら大変なことになる。心の病気はなかなか治らないの。だからリキくんは事件のことを忘れて普通の生活を送って」

「うん。わかった」

「ただ、リキくんは家からは出られない。犯人が自宅の電話に連絡してくる可能性があるから」

お金を要求する電話？　なんでうちが狙われたんだろ？　家は一軒家だけど小さいし、マイカーは軽だし。全然お金持ちじゃないのに。

「私たちも一緒に電話番をするし、生活面でもサポートするから大丈夫よ。リキくんは家にいればいいだけ。もし電話がかかってきた時は、リキくんは私の言う通りに受け答えすればいいの」

「うん」

何度も何度も『リキくん』と呼ばれたから、違和感をあまり持たなくなった。友達が勝手につける新しいニックネームと同じだ。最初はしっくりこなくても段々と耳に馴染んできて、いつの間にかすっかり当たり前の呼び名になる。

「このスマホにかけてくる可能性もあるから、いつ電話がかかってきてもいいように首にかけていて」

そう言って僕に差し出した徳永智彦のスマホにはネックストラップがつけられてた。

「あと、事件と距離を置くために、リキくんは私たちが刑事だということも忘れて。父親の出張中にリキくんの面倒を見にきた親戚のおじさんとお姉さんだと思って」と指示し、席を立った。「そろそろ夕飯の支度をしなくちゃね」

岡浅のお姉さんは冷蔵庫の中を確認すると、「今夜はカレーにしよう」と献立を決め、調理を始めた。僕は「目の届くところにいて」と「テレビは暗示を薄めることがあるから観ちゃ駄目」の言い付けを守って、リビングのソファで任天堂の携帯型ゲームをプレイした。

でもいつもみたいに熱中できない。お気に入りのモンスターがレベルアップしても、レアなモンスターをゲットしても、ちっともテンションが上がらなかった。キッチンの光景が見慣れないせいだ。どうしても普段そこで料理をしてた人のことを考えてしまう。

食事中も上の空だったから、ほとんど味わえなかった。何を食べてるのかよくわからない。だけど「おいしい」と言いながら無理やりカレーライスとサラダを口に詰め込んだ。

夕食のあと、音尾のおじさんが洗って湯を張った浴槽に浸かった。湯船の中で僕はブルブルと震える。ちょっとの辛抱だと思ってた。頑張って刑事たちの質問に答えれば事件は解決するって。けど、違った。答えたあとも頑張り続けなくちゃいけなかった。そんなには辛抱できないよ。

不安でしょうがない。普通の生活なんて送れっこない。あの人たちが家にいるのは普通のことじゃないから。どうやっても今まで一緒に暮らしてた人のことが頭から離れないんだ。

これからどうなるんだろ？　いつまでこの生活が続くんだ？　明日？　明後日？　お姉さんは『毎日、起きた直後と寝る前に炎を見て三回念じること』って言った。それって解決するまでに何日もかかるってこと？　まさか、一週間以上も？　もしお父さんが……、あっ、違う。徳永智彦がずっと帰ってこなかったら？

駄目だ！　事件のことは考えるなって言われたじゃん。悪い想像はしちゃいけない。無事に帰ってきても、僕が心の病気になってたら不幸は終わらない。十歳の子供にはどうにもならないことなんだから、どんなに心配してもなんの足しにもならない。言われた通り、事件ときっぱり距離を置くんだ。

僕は目の前にライターの炎をイメージし、『自分はリキだ』と『あの人たちは刑事じゃない。親戚のおじさんとお姉さんだ』を三回ずつ念じた。

段々と不安が和らいでくる。体の震えが止まった。大丈夫。難しいことじゃない。事情聴取の時みたいにリキを演じればいい。叔父のショウさんと叔母のマイちゃんがうちに遊びに来たって思うんだ。

そうだ。少しでも親戚っぽくするために、ニックネームをつけよう。何にしようかな？　身長差のある凸凹のコンビだから、デコさんとボコちゃん？　うーん、イマイチ……。青髭さんと色白ちゃん？　呼びにくいし、悪口になっちゃうか……。

確か、二人の名前は……。警察手帳を見せられた時のことを思い浮かべる。音尾陽吉と岡浅望々花。下の名前から、ヨウさんとノノちゃん？　うん。シンプルでいい。呼びやすいし、それで……。

あっ、太陽の『陽』だ！　それに『望』の字には『月』が入ってる！　太陽と月。どっちも闇を照らす存在。最強のコンビだ。

今やってるゲームでも、太陽のモンスターと月のモンスターは最強クラスだ。太陽の方にはキャラ名の頭に『ソル』が、月には『ルナ』がついてる。友達からどこかの外国語で『太陽』と『月』を意味してるって聞いた。よし、その二つをニックネームにしよう。

ソルさんとルナちゃん。うん、うん。いい感じ。僕の本当の名前にも『月』が入ってるし、月光が『明人』の由来になってるから、『望々花』に親近感が湧いてくる。そして月よりも眩しい太陽には頼もしさを感じる。無敵な二人でこの家から闇を追い払って。

お風呂から上がると、「親戚っぽくするためにニックネームで呼んでいい？」とアイデアを出した。

「うーん」とお姉さんが渋い顔で唸った。「リキくんの親戚はニックネームで呼ばれているの？」

「うん。クラスでも多いよ」

「そうなんだ」

呼び方に口うるさかったのはお祖母《ばあ》ちゃんだけだった。お父さんも叔父さんも叔母さんも気にしてないし、クラスには親をニックネームで呼んでる人がいっぱいいる。一部の女子たちに『ヤマちゃん』って呼ばれてる山沢先生も注意したことがない。

「俺は反対だな。親戚でも大人に対しては名字にさん付けで呼ぶべきだ。目上の人を敬う気持ちを習慣化させないと、けじめがつかなくなる」と音尾のおじさんは堅苦しいことを言う。

「敬ってないわけじゃないよ。ニックネームの方がぐっと距離が縮まって……」

「俺の知り合いの家は、奥さんの一存で『友達親子』を育児方針の柱にしたら」とおじさんが僕の意見を最後まで聞かない。「親を親とも思わない礼儀知らずの子に育ってしまった。うちの職場でも、上司がフレンドリーさを重視しているせいで、上下関係が緩くて馴れ合いの集団になっている。肝心な時にピリッとしないのは、組織として致命傷だ」

お姉さんが背筋を伸ばして「すみません。これからは気をつけます」とおじさんに謝った。でも僕は納得がいかなかった。親への感謝の気持ちはちゃんとあるし、礼儀正しさだってお祖母ちゃんに叩き込まれたからしっかり身につけてる。

「リキくん、年上を敬うってことは、お年寄りを労《いた》わることに繋がる。そうやって弱い人を大切にする気持ちを育めば、お年寄り以外にも優しくできるようになるんだ。リキくんが困っている時に、手を差し伸べてくれる人がたくさんいたら嬉しいだろ？」

「う……」と言いかけたけど、『ん』を呑み込んで言い直す。「はい」

「子供には無意味に思えるかもしれない。だけどな、世の中がよくなるために上下関係は必要なんだよ」

言ってることは筋が通ってたけど、どことなくしっくりこない。大人が自分の都合を子供に押しつける時に漂わせる気まずさをちょっぴり感じた。十歳の子供でも、『相手のために言ってる』と『自分のために言ってる』の違いを聞き分けることはそんなに難しくない。

大人は平気で嘘をつく。子供だからわからないと思って。けど、大人と言い争ってもいいことは何もない。

「わかりました。さん付けで呼びます」と僕は言って引き下がった。

「そこまで畏《かしこ》まることはない。子供らしい言葉遣いでいいんだよ」

「はい」

子供のうちは大人の言う通りにしておくのが無難だし、事件の解決のためには刑事の指示に従うのが一番だ。二人の意見を疑わずにすっと聞き入れればいいんだ。

だから岡浅のお姉さんが「リキくんの部屋で一緒に寝ていいかな？」と言い出した

時も、素直に従った。一瞬、『なんで一緒の部屋で?』って思ったけど、すぐに疑問を頭から追い出した。良い方に想像力を使おう。親戚が泊まりに来たんだ! 綺麗なお姉さんと一緒に寝られるなんて最高じゃないか!

僕とお姉さんは協力して来客用の寝具セットを僕の部屋へ運び、ベッドの横にお姉さんの寝床を作った。そして「おやすみなさい」と言い合って電気を消した。

ところが、なかなか眠れない。どんなに待ってもまぶたが全然重くならない。不吉なことがポツポツと頭に浮かんできた。寝る前にライターの自己暗示をかけたのに。もう効き目がなくなっちゃったの?

けど、今の僕には暗示の他に頼るものがない。もっと集中して念じよう。悪い想像を吹き飛ばすんだ。僕はライターの炎をイメージし、『自分はリキだ』って唱え続けた。何度も何度も。

一週間が経っても、犯人からの連絡はなく、事件に進展はなかった。八日目の朝も岡浅のお姉さんが叔母のふりをして学校に電話し、「まだ症状が重くて退院できません」と伝えた。徳永智彦の会社にも同じ内容の電話をかけた。誘拐されたことが表沙汰になると捜査に支障が出るらしく、『ウイルス性の肺炎にかかった』と仮病を使ってる。

人から人に移る病気なら、面会謝絶だ。誰もお見舞いに行けない。もし本物の叔母からヤボ用の電話がかかってきたら、お姉さんが徳永智彦の恋人のふりをすることになってる。

学校に通えない僕は「みんなから遅れちゃうと大変だから」と気遣われ、おじさんとお姉さんに勉強を教わってる。二人とも教え方がすごく丁寧で、学校の授業よりもすんなり理解できる。

勉強以外の時間は携帯型ゲームやテレビゲームをプレイしたり、お姉さんが買ってきた伝記を読んだりして過ごしてる。常に目の届くところにいなければいけないのは、結構ストレスだ。寝る時も一緒だし、トイレや入浴の際にはドアの前で出てくるのを待たれるから、気の休まる時がない。

おじさんとお姉さんは交代で僕の監視を行う。片方が僕を見守ってる間に、もう片方が外出する時がある。大抵は二、三時間後に風呂上がりの匂いを漂わせて戻ってくる。おじさんの口元は肌色になり、お姉さんの顔からはテカりが消える。

ただ、どっちも浮かない顔で「ただいま」と言う。さっぱりとしてリフレッシュできたはずなのに。本人は明るく振る舞おうとするものの、無理してるのがバレバレだ。表情が死んでる。

きっと捜査がうまくいってないんだ。どんなに考えないようにしてても、おじさんとお姉さんの疲れきった顔を見ると、事件のことを想像せずにはいられない。頑張ってライターの炎をイメージするんだけど、すぐに吹き消されちゃう。

日ごとに暗示の効果が薄れ、不安がどんどん大きくなっていった。いつまでこの生活が続くんだろ？　犯人はなんで身代金を要求してこない？　目的がお金じゃないなら、なんのための誘拐？　お父さんはもう帰ってこないんじゃ？

とうとう我慢の限界がきて、八日目の就寝前に「いつになったらお父さんは戻ってくるの？」と口が動いた。ほとんど無意識だった。慌てて「なんでもない。おやすみなさい」と言ってライターを消し、ベッドに入って布団に包まる。

僕の丸めた背中に「暗示が効かなくなっているの？」という言葉が投げかけられた。

「ごめんなさい」

「謝らないでいいのよ。リキくんは充分に頑張っている。心の中が不安でいっぱいになっても全然おかしくないことなの」

お姉さんの温《ぬく》もりに溢れる声に心がほんの少しだけ軽くなった。僕は体を起こし、「もう一回、暗示をかけてください」と頼む。

「それは無理なの。今、リキくんに蓄積されている不安を取り除くには、もっと強い暗示をかけなくちゃならない。でも十歳の子供には危険が大きい。リキくんの精神が壊れてしまうリスクが伴うの」

「じゃ、僕はどうすれば？」

「今まで通りにライターの暗示を続けて。効果は薄れていても、無理やりにでも『リキ』になりきろうとしていれば、多少は不安を減らせる。あとは、リキくんの仲間がこの状況に立ち向かう勇気を与えてくれる」

「仲間って？　おじさんとお姉さんのこと？」

「私たちではないわ。第三者じゃ与えたくてもできないの。当事者でない人が何を言っても、リキくんの心の奥深くまでは届かない。痛みは傷付いた本人にしか感じられないから、第三者がどんな言葉をかけても気休めにしかならない」と言って自分の枕元にあったスマホを手に取り、ベッドに腰掛けた。「だからリキくんと同じような境遇の人たちに勇気を分けてもらうの。これを観て」

　お姉さんは家族が行方不明になった被害者の動画をいくつも見せてくれた。スマホの小さな画面の中で、無事かどうか心配したり、帰りを待ち侘びたり、犯人に怒りをぶつけたりする姿に胸が苦しくなる。

　見覚えのある動画もあった。最近、話題になってる悪戯電話の被害者だ。ニュースやワイドショーで目にするたびに『希望を捨てないで待ち続けてる人に、なんてひどいことをするんだ』『元はと言えば、誘拐事件を起こした犯人が一番悪い』ってイライラしてたけど、外野から眺めてるだけだった。

今は『わかるよ。その気持ち、よくわかる』って心から共感できた。僕も同じ傷を負ってるからわかるんだ。うん、うん。不安だよね。怖くて怖くてたまらないよね。逃げ出したくても、どこにも逃げ場がない。じっと待つことしかできないのは本当に辛い。死にたくなるような気持ち、すっごくわかる。

「泣いてもいいのよ」とお姉さんが僕の肩に手を回し、抱き寄せる。気付かないうちに涙ぐんでいた。今にも目尻から零れそう。

「泣くのはいいこと。本当に悪いのは、感情を溜め込むこと」

「男の子は泣いちゃいけないって」と僕は涙声を抑えて強がる。

「誰から教わったの?」

「お祖母ちゃん」

「時代が変わったの。精神論や『男らしさ』の押し売りはもう古い。心理学的な観点からも、泣くことはメリットだらけ。心のバランスを取るために必要な行為なの。わかった?」

「はい」

僕は涙にブレーキをかけるのをやめ、お姉さんの肩に寄りかかった。

「家族の帰りを待ち続けている人は、リキくんの他にもたくさんいる。みんな心を磨り減らしながら闘っているの」

「僕も闘えるかな？」

「泣きやんだら、涙を流した分だけ犯人を恨むの。そうすれば、『犯人なんかに負けるもんか』って闘争心が湧いてくる。『憎しみは何も生まない』と言う人もいるけれど、苦しい状況を撥ね返す原動力になる。だからどんどん恨んでいいの」

家でも学校でも『人を恨め』って教わったことがなかったから、お姉さんの言葉にびっくりした。テレビも本も反対の『人を許せ』『罪を憎め』『寛容になれ』って勧める。

だけどお姉さんの『どんどん恨んでいい』が心にすっと沁み込んだ。そっか。恨んでいいんだ。なら、思う存分恨もう。僕は手の甲で涙を拭い、「負けるもんか」と誓った。

それからも何かの拍子に大きな不安が押し寄せてくることがあったけど、なんとかやり過ごせるようになった。この胸の痛みを味わってるのは僕だけじゃない。世の中には僕と同じ目にあってる人がいっぱいいる。

その人たちの存在が心の支えになってる。僕は一人じゃない。そう思うと気持ちが上向く。痛みは引かないけど、心細さは薄れる。みんな必死に踏ん張ってるんだから、僕も頑張らなくちゃ。犯人なんかに負けてたまるか。

誘拐犯に怒りを向けると、ネガティブな気持ちがどっかへ行く。悪い想像をすることもない。犯人のことが憎くて憎くてしょうがない。こんなひどい目にあわせるなんて、絶対に許せない。人を不幸にして何が楽しいんだ？　本気で『警察に撃ち殺されればいい』って願える。

犯人に猛烈な怒りを抱く一方で、怒り狂う自分を一歩引いて見てる自分がいる。リキの視点だ。もう暗示は効かなくなったと思ったのに、知らないうちに心に『リキ』が根付いてた。ずっと唱え続けた成果が出てきたらしい。

リキの目から徳永明人を眺めた時に、『かわいそうに』と他人事みたいに思えた。だけど徳永明人と同じような目にあってる人が世の中にいっぱいいることには、心を激しく揺さぶられた。こんなにたくさんいたなんて、今まで知らなかった。

ううん、本当は知ってた。テレビではしょっちゅう悪戯電話のニュースが取り上げられてた。何人もの被害者たちが誘拐犯にも怒りや悲しみをぶつけてたじゃないか。それなのに、僕はうわっツラの『かわいそうだな』で片付けてたんだ。

本気で想像力を働かせて被害者の立場に立ってテレビを観てれば、辛い思いをしてる一人一人の存在をきちっと心に留められた。そして世の中のあちこちに同じような被害者がいることにびっくりしてたはずだ。

気付いたからには、なんとかしてあげたい。よく徳永智彦が『誰かが助けるだろうって他人任せにしちゃ駄目。気付いたら自分が動くんだ』って言ってた。だから僕は力を付けることにした。大人になるまでに悪を成敗する力を得て、一人残らずぶっ倒してやる。苦しんでる被害者たちを救うんだ。

大きな目標を抱いた僕は「どうして刑事になろうと思ったの？」と岡浅のお姉さんに訊ねた。ためになる話を聞けると思ったんだけど、なんでか、お姉さんの口が重い。はぐらかすばかりで肝心なことは言わない。

しつこく食い下がって、なんとか「刑事ドラマに憧れて」を引き出せた。でも取って付けたような感じだった。

次の日、タイミングを見計らって音尾のおじさんにも同じ質問をした。

「そういう話は駄目だ。暗示を弱めてしまうから」

「大丈夫だよ。ちゃんと事件と距離を置けてる。リキの目から見て『世の中には、徳永明人を含め、辛い思いをしてる被害者がたくさんいる。同じ数だけ犯罪者がいる。捕まえなくちゃ。被害者たちを苦しみから救うために、僕も刑事になろう』って思ったんだ。だから刑事について色々と知りたい」

「人助けのためなんだな？」とおじさんは僕の目をまっすぐに見つめて確かめる。

「はい」

「刑事を志す理由としては百点満点だ。俺とは大違いだな」

そう言って苦笑いを浮かべる。そしてどこか話しづらそうに動機を語り始めた。

音尾のおじさんが刑事になったのは、『チカちゃん』っていう子が誘拐されたからだ。その子とどういう関係なのか、何年前に行方不明になったのか、知りたかったけど訊いちゃいけない空気が僕の口に封をした。

ただ、「チカちゃんの母親に子守りを頼まれた」と言ったから、妹ではなさそうだ。自分の妹なら『チカちゃんの母親』っていう言い方をするのは変だ。きっと親戚の子か近所の子なんだろう。また、おじさんは「野球の試合があるから無理。相手はライバルチームだし」と子守りを嫌がったから、子供の頃の出来事っぽい。

チカちゃんの母親は「どうしても今日だけはお願い」と頼み込んだが、おじさんは頑なに断った。反対に「一緒に試合を観にくればいいじゃん。気晴らしになるよ」と誘った。

強引に押し切られた母親はチカちゃんを連れて野球場に行った。けど、ちょっと目を離した隙にいなくなってしまった。すぐに警察に通報したけど、どこを捜してもチカちゃんの行方はわからなかった。

これと言った手掛かりはなく、見つからないまま月日が経った。警察は行き詰まった事件には人手をかけなくなるそうだ。次々に事件が起こるから、どんどん後回しになっていくのは仕方がないことなんだろう。

「俺の責任だ。家で子守りをしていたら、攫われることはなかった」とおじさんは悔やみ、険しい顔つきが更に厳しくなった。「だから刑事になったんだ。過去を取り戻すためには、チカちゃんに近付くためには刑事になるしかなかったんだ」

「僕も刑事になってチカちゃんを捜したい。家族の帰りを待ってる人をみんな助けたい」

　もしおじさんやお姉さんが徳永智彦を救出できなかった場合は、僕が見つけ出してやるんだ。

「その心意気は立派だけど、大変な道のりだぞ。刑事に憧れて警察に入る人はごまんといる。その中から刑事課に配属されるのは一握りだ。だから手柄を立てて優秀さをアピールしたり、こつこつと雑用をこなして熱意を見せたりしなくちゃならない。時には、汚い手を使ってライバルを蹴落とすことも必要だ。上司に媚《こ》びまくることも欠かせない。綺麗事が通用しない世界なんだ。リキにはそこまでの強い意志はあるか？」

「ある」と僕は迷わずに言い切った。「悪党を捕まえる時だって手段を選んでいられないんだよね？」

「ああ」

「正しい方法で世の中がよくなるのが一番だけど、正しさにこだわって悪党が野放しになったら意味がない。汚い方法でも平和になる方がずっといい」

刑事の二人をそばで見続けてきてわかったことだ。お姉さんはルールや道徳を無視することを恐れないし、おじさんも相棒の言動に理解を示して大目に見てる。悪党には綺麗事が通じないからだ。ヤツらは平気で汚い手を使う。刑事も手段を選んでいられない。

「その通りだ。正しいものを守るためには、自分の手を汚さなくちゃならない時がある。それを理解しているなら、リキには刑事の素質が備わっているぞ。ただな、リキの力で行方不明の事件を解決したとしても、それで一件落着にならないことがあるんだ」

「どうして？」

「解決したあとも不幸が続くケースがあってな……。そうだ、実例を挙げた方がわかりやすいな」と何かを思い出し、そばに置いてたタブレットを手に取って操作し始める。「あれ？　どこいった？　捜査資料の中にあったはずなんだけどな……。このファイルか？　おっ、あった。これだ」

僕にタブレットを渡す。画面には夫婦っぽい二人の外国人が映ってる。

「アメリカの実録ドラマだ。実際に起こった事件を題材にすると作り手側のモラルが色々と問われるけど、映像にすることでたくさんの人に知ってもらえる。本で読んだり人の口から聞いたりするよりも、テレビや映画の方が理解しやすいだろ？」

身に覚えがあったから大きく頷く。去年、体育館で交通安全教育の動画を観た時、事故の恐ろしさにゾッとした。口で注意されるよりも何倍も効果があった。

「ただ、映像学校の生徒が低予算で作ったから、小道具とかがチープで役者は素人同然だし、カメラワークは雑なんだ。けど、内容は悪くない。拙いところは我慢して観てくれ」


アメリカ人の夫婦にはライチェルという娘がいた。ある日、母親が無人のセルフガソリンスタンドで給油し終わって車に戻ると、助手席のチャイルドシートに乗せてたライチェルが消えてた。ほんの僅かな隙にさらわれたんだ。

防犯カメラにはフードを被った女がライチェルを連れ去る様子が映ってた。すぐに大々的な捜査が行われたけど、犯人とライチェルの行方を摑むことはできなかった。有力な手掛かりのないまま時間だけが過ぎていった。

居ても立っても居られない夫婦は自分たちで娘を捜し始める。二人ともタクシー運転手に転職し、客を乗せるたびに「最近、近所で見慣れない子供を見かけませんでしたか？　二、三歳くらいで、こめかみに小さな痣《あざ》のある」と訊ねた。

情報を得ると、目撃されたポイントで聞き込みや張り込みを行う。人違いに終わってもへこたれずに利用客に目撃情報を訊き続け、半年おきにタクシーの営業区域を変えた。

ライチェルが行方不明になって五年が経つと、『犯人が小学校へ通わせているかもしれない』と考え、一校一校訪ね回った。学校の責任者に事情を伝えてクラスの集合写真を見せてもらい、面影のある子やこめかみに痣のある子を捜した。時々、ライチェルに似てる生徒が見つかったけど、どの子も身元がしっかりしてた。

SNSが発達しだしてからは、『犯人が親のふりをしてライチェルと暮らしているなら、娘に嘘の誕生日を伝えているはず。ライチェルの友達が誕生日を祝う画像をアップするかもしれない』と考えた。夫婦は《ハッピーバースデー》《誕生日》などでハッシュタグ検索をかけ、丹念に誕生日の画像を漁《あさ》っていった。

寝る間も惜しんで画像に目を凝らしたけど、時間が全然足りなかった。毎日毎日たくさんの人が誕生日を迎え、もっとたくさんの人から祝福される。ネット上に『ハッピーバースデー』が溢れ返ってて、夫婦二人じゃ全てをチェックするのは不可能だ。

体力がもたないだけじゃなく、精神的にもしんどい捜索方法だった。祝福の画像を見るたびに、失ったものの大きさを思い知るからだ。こんなふうに自分たちもライチェルの誕生日を祝いたい。みんなが当たり前にやってることを奪われた悔しさ、やりきれない悲しさが夫婦の胸を締めつけた。

それでも二人は時間の許す限り娘の画像を捜した。身も心もボロボロになりながらハッシュタグ検索を続けたけど、とうとう無理が祟《たた》る。夫がタクシーを運転中に事故を起こしてしまった。幸い客は無傷で夫は軽傷だったものの、かなり衰弱してたから数日入院することになった。

だけど病室で安静にはしなかった。この機会にハッシュタグ検索に全力を注ごう、と徹夜で取り組んだ。すると、退院する日の明け方に、女子のツーショット画像に目が留まった。右側の子にライチェルと同じ痣がある。位置も形もぴったりだし、面影もあった。

夫はプルプルと震える指でスマホを操作して、その画像をアップした人物について調べる。コメントには『十五歳の誕生日おめでとう！』ってあるけど、どっちの誕生日だ？　左側の子は痣の子とどういう関係なんだ？　友達か？

過去に投稿した画像やコメントから、そのインスタグラムのアカウントは左側の子のものであることがわかった。どうやら二人は従姉妹《いとこ》同士らしい。年に何回か会ってるけどSNS上では交流がないから、痣の子のアカウントは摑めなかった。

ただ、左側の子の居住地域と通ってる中学校は特定できた。そこを取っ掛かりに痣の子を捜そう。夫は朝いちで退院して妻と一緒に左側の子の捜索に乗り出した。中学校の近くで見張り、見つけると尾行して自宅を突き止めた。

すぐに押しかけて『痣の子はどこに住んでる？』と訊ねたかったが、犯人とグルの可能性もある。下手をすれば、犯人がライチェルを連れて遠くへ逃げてしまう。でも自分たちの力で親戚関係を事細かに調べるのは難しい。そこで、探偵に依頼することにした。

人探しや身元調査を生業にしてる探偵には独自の情報網がある。役所勤めの知り合いも何人もいるから、彼らに電話するだけで痣の子の居所を特定できた。また、彼女の出生に関して不明な点が多いこともわかった。シングルマザーの母親との血縁関係を示すものは何一つ出てこない。

我が子であることを確信した夫婦は警察に通報し、ついに犯人は逮捕された。十三年ぶりの再会に夫婦は大粒の涙を流して喜んだ。血の滲むような努力と飽くなき執念が奇跡を起こしたんだ。

ところが、ライチェルは大混乱に陥った。お母さんだと思ってた人が誘拐犯だったんだから、無理もない。いきなり知らない人が「私たちが本当の親なんだよ」と現れたら、誰だって大きなショックを受けるし、すぐには切り替えられない。

夫婦は『そのうち慣れるだろう』と考えてたけど、半年が経っても娘は心を開かなかった。ライチェルにとって実の親との再会は喜ばしいことじゃなかったんだ。むしろ、育ての親との生活を壊したことに恨みを抱いた。

どんなに夫婦が「あいつは親じゃない。ただの誘拐犯だ」と言い聞かせても、娘の心には響かない。ライチェルは本当の両親を名前にさん付けで呼び、「お母さんに会いたい」と泣いて過ごした。

夫婦も泣いた。果てしない無力感と虚《むな》しさに襲われて泣くことしかできなかった。十三年間やってきたことが全て無駄に思えた。自分たちはなんのために苦労に苦労を重ねたんだ？

頭の片隅にある『死んでるかもしれない』を振り払いながら娘を捜し続けるのは、気が触れそうなほど苦しかった。だけど間違いなくこれからの十三年はもっと大変な目にあう。行く手には生き地獄が待ち構えてる。こんなことになるなら、見つからない方がよかった。

涙が涸《か》れた時、夫婦は決断した。真の意味でライチェルを取り戻すには……。

音尾のおじさんがタブレットの画面をタップして動画を停止させた。

「ここからは子供には刺激の強いシーンがあるから、お終いだ」

「えー！」と僕は不満の声を上げた。「ラストはどうなるの？」

意味深なナレーションの途中で切るなんて、あんまりだ。

「十歳児にはまだ早いんだ。知らない方がいい」

そう言われると益々気になる。でも僕のことを思って見せないのだから、わがままは言えない。勝手に想像するしかない。子供に見せられないってことは、たぶんむごいシーンがあるんだ。あの夫婦は怒りが大爆発して犯人に暴力的なことをするのかも。だけど、そんなことをしたら子供はもっと心を閉ざしそう。自分の大好きな人がボコボコにされたら、誰だってぶん殴った方を憎む。もし夫婦が怒りに任せて犯人を殺してしまったら、ライチェルとの間には埋めようのない溝ができ……。

あり得ないか、と思い直した。十歳児が予想できることを大人がわからないわけがない。逆効果にしかならないことをするのは、よっぽどのバカだ。暴力なんて使わない。きっと夫婦には娘を取り戻す一発逆転の秘策があるんだ。そうに違いない。

「最後まで観なくても、犯人の逮捕後にも不幸が続くことはわかっただろ？」とおじさんは穏やかに問いかける。

「はい」

「事件を解決しても被害者を救えないこともある。そのことも覚悟しておくんだぞ」

「はい。けど、誘拐犯の逮捕のあとに不幸が続くことって多いの？」

「もちろん誘拐された子が真実を知って犯人を軽蔑するケースもある。だが、実録ドラマみたいに『自分の親はこの人しかいない！』って犯人を慕い続けるケースの方が圧倒的に多いんだ」

「ひどい。そんなのおかしい」と僕は喚くようにして言った。「だって犯人は人として最低なことをやった。極悪人だってことは誘拐された子もわかるはずだよ」

　実録ドラマを観てるうちに、外国人夫婦にどんどん感情移入していった。おじさんの言った通り、セットや小道具が安っぽくて演技がイマイチで撮り方も手ブレがひどかったけど、ストーリーはリアリティーに溢れてて夫婦の苦悩がダイレクトに伝わってきた。

「わかっていても、それまで一緒に暮らした思い出が誘拐犯を憎めなくするんだ。世間からは大悪党に見えても、誘拐された子の目には大好きな親としか映らない。『生みの親より育ての親』っていう言葉もあるくらいだから、一度持った愛着はなかなか捨てられないんだよ」

「やっぱりおかしい。そんなこと、あっちゃいけない」

　もし僕が十三年かけて見つけ出したお父さんが他の子供と暮らしてて、そっちの方を愛してたらショックどころの騒ぎじゃない。絶対にあってはならないことだ。

「俺も間違ったことだと思うよ。だけど、まだ正す方法がないんだ。ある国で起こった誘拐事件でも、十何年ぶりに戻ってきた子供が本当の両親に全く心を許さなかった。母親は気が変になり、犯人よりも愛情が深いことを証明するために焼身自殺した。でも子供の気持ちは変わらなかった。それだけ根深い問題なんだよ」

「そんな……」と僕は言葉を失った。

生みの親が自殺しても意味がないなんて、どうすればいい？　どうやったら子供の心を育ての親から引き離せるんだ？

「子を愛する親なら誰だって我が子のために命を捨てられる。でも誘拐された子にとって生みの親の命は軽いんだ」

「あの、ふと思ったんだけど」とちょっとした思い付きを口に出してみる。「犯人が罪悪感を感じてるケースはないの？」

「ないことはないが、それがどうした？」

「その場合は、犯人に『反省してるなら、家族が一つになれるよう協力してくれ』って頼めないかな？　犯人がうまいこと子供に働きかければスムーズにいきそうじゃない？　争うんじゃなくて、反対に手を結ぶの。生みの親も育ての親も、どっちの親も子供を愛してるんだから、がっちり協力できると思うんだ。どっちも子供の幸せを望んでるなら、力を合わせられるはずだよ」

おじさんは目を大きく見開き、数秒固まった。びっくり仰天してるよう。画期的な名案ってこと？

「ユニークなアイデアだ」と褒めたけど、どことなく言葉が軽かった。「でもな、現実的には難しいんだ。どっちの親も色んな個人的な感情が混ざり合っているから、手を取り合って協力するのは不可能に近い」

一気に期待感が萎《しぼ》んだ。おじさんが紛らわしいリアクションをしたから、心がふわっと持ち上がってた。その分、ガッカリ感が大きくなった。

「そっか、生みの親と育ての親はいがみ合うしかないんだね」

「まあな。子供の喧嘩《けんか》みたいに握手して仲直りってわけにはいかない」

「でもずっとケンカしてても意味がない気がする。もしケンカがエスカレートして、本当の親が誘拐犯を殺しちゃっても、子供は『育ての親がいなくなったから、今日からは生みの親を愛そう』ってことにはならないんでしょ？」

「先ず、ならないな。却って、子供の気持ちは生みの親から離れる。一生恨み続けるだろうな」

やっぱり、逆効果なんだ。そりゃ、そうだ。子供の嫌がることをしたら好かれるわけがない。けど、好かれようとしても簡単にはいかない。子供は育ての親が大好き。ちょっとやそっとのことじゃ、生みの親の方に気持ちが傾かない。

どうしたらいいんだ？　物で釣るのはあからさますぎて反対に嫌われそうだし、いい人アピールも見え見えだと……。そうだ！　好かれるのが無理なら、子供が育ての親を嫌うようになればいい。逆に育ての親の方が乱暴者になったら嫌うんじゃ？

どうにかして暴力を振るうように仕向けるんだ。育ての親が意味もなく生みの親をボコボコにすれば、子供はドン引きするはずだ。もしやりすぎて殺しちゃったら、決定的なヒビが入るんじゃないか？

「じゃ、反対に誘拐犯の方が本当の親を殺しちゃった場合は、どうかな？　それまでどんなに慕ってても、さすがに子供は幻滅しないかな」

またおじさんがぎょっと驚いた顔をした。ちょっと青ざめてる。まるでお化けでも見たよう。

「どうして……」と言いかけたけどやめて言い直す。「どうやったら、そんな変わった発想ができるんだ？」

「うーんと、お祖母ちゃんに『困った時は逆に考えてみなさい。前ばかり見ていると後ろにある答えに気付かない』って教わったからかな」

「なるほど。逆転の発想か」とうんうん頷いた。「反対の視点を持つことは時に大事だ。けどな、一つの考えに囚われるのはよくない。視野を狭めることになる。逆の方向ばっかり見ていると、目の前にあるものを見落とすことがあるし」

おじさんが話してる途中で、無茶苦茶なアイデアだったことに気付いた。死んじゃったら元も子もない。そんな無意味なことをするわけがない。

「物事にはなんでも反対があるから考えだしたらきりがない。例えば、『お祖母ちゃんの教えが間違っているかも？』と反対に捉えることも可能だ。そうだろ？」

「う、うん」

「お年寄りの意見を素直に聞き入れるのは素晴らしいことだ。リキはいい子だ。でも本気で刑事になりたいなら、一つの考えに囚われるな。頭を柔軟に使え。それが推理の鉄則だ」

刑事のノウハウを教えてくれたのはありがたかったけど、なんとなくわざとらしかった。親や先生がおだてたりとぼけたりして子供を目的地へ進ませる時みたいだ。大人が子供をコントロールしたい時に漂わす不自然さ。それが所々に感じられた。

岡浅のお姉さんからもわざとらしさを感じることがある。悪意のようなものは全く感じないけど、僕のためにやってるんだと思うけど、たまらなく不安だ。二人は正解を知ってるのに、知らないふりをして僕に答えを訊く。そっとヒントを出して正解へ近付けさせる。僕をどこへ進ませようとしているんだろう？

徳永智彦がいなくなって三週間が過ぎた。変化が何もないからか、この状況にだいぶ慣れてきた。ライターの暗示のおかげで、心を大きく乱すことなく暮らしてる。

自分のことを本当に『リキ』だと錯覚してる時がある。演技と現実の境目があやふやになってる。生まれた時からずっと自分は『リキ』なんじゃないかって思えてくるんだ。

子供って自分たちが思ってる以上に単純なのかもしれない。去年、くじ引きでおっとりした男子が学級委員に選ばれたけど、最初はビクビクしながらやってたのに段々と態度がデカくなっていった。子供はポリシーみたいなものを持ってないから、役割を与えられると自然にその色に染まっちゃうんだろう。

とにかく、暗示の効力によって普通に生活を送れてる。もちろん、おじさんとお姉さんの存在も大きい。二人が僕を見守る役になったことは、今回の件で唯一よかったことだ。

どっちもいつも親切で、いい加減な対応をしない。どんな時でも大事に扱ってくれる。生活面でも精神的な部分でも僕を手厚くサポートしてくれる。でも『仕事だから』っていう感じは全然しない。

元から心の温かい人たちなんだと思う。本心から僕を心配して、『少しでも不安を和らげたい』っていう思いやりがひしひしと伝わってくる。時々は厳しいことも言うけど、言葉の奥には優しさがギュッと込められてる。だからちゃんと受け止められるし、信用できる。

今ではすっかり緊張感が抜けて自然体でいられるようになった。不思議と、本当の親戚みたいに気楽に接することができる。

だけど、二人が漂わす『わざとらしさ』がずっと心に引っかかってる。何を隠してるんだろ？　やっぱり徳永智彦のことか？　とっくに事件は大きく動いていて、僕にショックを与えないよう時間をかけてやんわりと事実を伝えようとしてるのかも？

そういう気遣いはもういらない。どんな報告も受け止める覚悟はできてる。たぶん徳永智彦が生きて戻ってくることはないと思う。無事を信じたいけど、元気な姿で帰ってきてほしいけど、客観的に考えると生きてる可能性はゼロに近い。

犯人の目的はお金じゃない。さらってから三週間が経っても身代金を要求してこないのが、その証拠だ。そもそも、うちからお金を奪いたいのなら、子供の僕を誘拐するはずだ。大人を襲うよりずっと簡単なんだから。

お金以外の目的を考えると、『恨み』が一番しっくりくる。痛めつけるために徳永智彦を連れ去ったんだ。でも三週間もかけて苦しめ続けるのはちょっと想像しにくい。もう殺されてしまってる。そう考える方がすんなり呑み込める。

温厚で腰が低いから人の恨みを買うことはないと思ってたけど、僕が生まれる前は警察官だった。悪党が捕まえられたことをずっと根に持ってて、出所後に恨みを晴らしたのかもしれない。

ひょっとしたら、この事件は徳永智彦が警察を辞めたことと関係してるんじゃ？　徳永明人のお母さんが絡んでる可能性もあるかも？　お母さんは犯罪者だった？　それとも、悪の組織に利用されてたところを徳永智彦が助けた？

過去にどんなことが起きてても、徳永智彦の身に何があったとしても、全部しっかり受け止める。大きな覚悟ができてる。だから思い切って「捜査がどこまで進んでるのか教えてください」と頼んだ。

おじさんもお姉さんも箸を止めた。二人の皿にはお昼ご飯の五目焼きそばが三分の一ほど残ってる。食べ終わるのを待つつもりだったのに、我慢できなかった。

どっちも食べるのがすごく遅い。テーブルマナーをチェックしてるのか、いつも僕の様子をうかがいながらゆっくりと食べる。注意されたことは一度もないけど。

「お願い。すっかり『リキ』になりきれてるから大丈夫。何を聞いても取り乱さないって約束する。本当のことが知りたいんだ」

二人は顔を見合わせ、アイコンタクトで何かを伝えたあと、揃って小さく頷いた。

「今どうなっているのか、あとどのくらいかかるのかわからないと、不安になるもんな」とおじさんが軽やかな口調で話し始めたけど、すぐに声の調子を低くする。「だがな、大まかなことしか教えられない。面倒な決まりがあるんだ」

「ルールの範囲内で構わないから、お願いします」

「先ず、俺たちは徳永智彦さんの交友関係を徹底的に洗った。怨恨の線……。えーと、恨みによる犯行の可能性が高いと考えて、警察官時代や学生時代にまで遡り、同僚や友人に聞き込みを行った」

その中に徳永明人のお母さんがいたんじゃ？　うちでは母親の話は禁句のようなものだった。色々と知りたかったのに、質問しちゃいけない空気が流れてた。

「恋人にも？」と僕は訊いてみる。

「ああ」

「たくさんの人と付き合ってたの？」

「わからない。捜査線上に浮かんできた恋人は一人だけだったから」

「その恋人はどんな人？」

「担当した奴の話だと、絵に描いたような誠実な人らしい」

「そんな人なのに別れたのは、どうして？」

「障害が多かったんだ。身分差とか、世間体とか……」

お姉さんが咳払いをすると、おじさんは「まあ、そんなふうにして刑事課が総出で徳永智彦さんと関わりのある人たちを一人ずつ調べていったんだ」と話題を元に戻した。

二人とも様子がなんかおかしい。元恋人にとんでもない秘密があるのか？　やっぱり徳永明人のお母さんなのかも？

「地道な聞き込みの甲斐あって、犯人を絞り込むことができた。事件は順調に解決に向かっている。あともう一歩のところだ。今日か明日には片付くと思う」

「本当？」

「ああ。リキが頑張ってじっと耐えてくれたおかげで、捜査がスムーズに進んだんだ」

「徳永智彦さんも無事だから安心して」とお姉さんが飛びっきりのニュースを口にした。

「本当に？　本当に生きてるの？」

「命の危険はない。私の命に懸けて保証する」

よかった。心の底からホッとする。僕は悪い方に考えすぎていたんだ。

「徒《いたず》らに心配させてごめんな」とおじさんが頭を下げた。「警察の決まりで、『家族が犯人の仲間かも？』っていう可能性を踏まえて、リキに捜査状況を教えることができなかったんだ」

「ううん。謝る必要なんてないよ」

無事ならなんだっていい。どんな隠し事も、嘘も、わざとらしさもチャラにできる。

「あと、署長に『市民と馴れ合ってはいけない』『不真面目と受け取られる言動を慎むこと』と注意されていたから、ニックネームで呼ばせなかったんだ。せっかくの提案だったのに、頭ごなしに却下してすまなかった」

「全然頭ごなしじゃなかった。全然気にしてなかった」と言ってから僕は期待と不安をミックスして訊ねてみる。「あの、事件に徳永明人のお母さんは関わってる？」

「それは……」とおじさんの言葉がつっかえる。

お姉さんが「私たちの口からは言えないの。とてもデリケートなことだから。徳永智彦さんが戻ってきたら、二人でよく話し合って」とフォローした。

「はい」

どんな関わりがあったんだろ？　でも子供の頭でああだこうだ考えてもしょうがない。また悪い想像をするだけだ。お姉さんの言う通り、戻ってきたら訊けばいい。お父さんが話したくないなら、知らないままでいい。無事に帰ってくるだけで充分だ。それ以上に望んでることなんてない。

「私、そろそろ時間だから」と言ってお姉さんが席を立った。

「全部食べないのか？」

「あまり食欲がなくて。いる？」

「じゃ、貰うよ」とおじさんは引き受けて相棒が食べ残した皿へ手を伸ばす。「リキも食べるか？」

「食べる」

お姉さんは料理がとっても上手だ。品数も多いし、手の込んだものを作ってくれる。なんでも『将来、子供に美味しいものを食べさせたいから』っていう理由で料理教室に通ってたそうだ。

おじさんが食べ残しを取り分けてる間に、お姉さんはジャケットを羽織り、玄関へ向かおうとする。

「気をつけてな」とおじさんが箸を持った手を軽く挙げる。

「行ってきます」

いつものように僕はお見送りをするためにあとをついていった。お姉さんは靴を履くと、両膝を曲げて僕と目線を合わせる。

「前に刑事になった動機を『刑事ドラマに憧れて』と言ったけれど、あれは嘘なの。本当は守れなかったものがあったから」

「守れなかったもの？」

「過去に後悔しても後悔しきれないことがあって、その埋め合わせに刑事になったの」

音尾のおじさんと同じような過去を持ってるっぽい。時々、二人からゾクッとする凄みを感じるのは、刑事ならではの気迫じゃなくて、悲しい過去を背負ってるから？

「リキ、ちょっとだけいい？」と訊いたかと思うと、僕が返事する前に抱き寄せる。僕の背中にお姉さんの両腕が食い込む。痛いくらい締めつけてくる。わけがわからなかったけど、嫌な気はしない。なんでか、気持ちがほんわかとした。ずっとそうしてもよかったのに、お姉さんは十秒くらいで体を離した。

そしてクルッと背を向け、「ありがとう、リキ。元気を貰えた。行ってきます」と言った。だけど声が掠れてて、ちょっと聞き取りにくかった。風邪でもひいたのかな？　心配になったけど、お姉さんがドアを開けて出て行こうとするから、「行ってらっしゃい」と見送るしかなかった。


おじさんが食べ終わったあとに、「少し風邪っぽいから念のために」とマスクをつけた。僕は食事の後片付けを手伝い、昼寝を勧めた。だけど「平気だ。ちょっと疲れているだけで安静にするほどのものじゃない。暇潰しにオセロでもやろう」と逆に提案され、タブレットで白黒の陣取りゲームをすることになった。

オセロは大人が相手でも楽しめるゲームだ。知力の差がそんなには影響しないから、運や頑張り次第で大人に勝てる。でも今はそわそわしてて全く集中できない。頭の中はお父さんとお母さんのことでいっぱいだ。早くお父さんに会いたい。ひょっとしたらお母さんは生きてるのかもしれない。

交通事故で死んだって聞かされたけど、大人の事情があって亡くなったことにしたんじゃ？　生きてたら、会えるかな？　何を話したらいいんだろ？　僕のこと、好いてくれるといいけど。

全然オセロに頭を使えなかったのに、ギリギリの勝負になった。手を抜いてくれてるんだろう。ん？　おじさんに元気がないような。目がどんよりとしてる。やっぱり具合が悪いのかも？　風邪でしんどいのに、僕を見守る任務を果たすために踏ん張ってるんだ。

お姉さん、早く帰ってこないかな。相棒がいれば、おじさんは安心して休むことができる。嬉しいニュースを持って帰宅する可能性もあるから、お姉さんの帰りが待ち遠しい。お父さんと一緒に帰ってくる可能性だってある。

首を長くして待ってたから、インターホンが鳴ると飛び上がってモニターを確認しに向かった。早く帰ってきてほしい時ほどいつもより遅いって『あるある』だけど、なくなればいいのに。

ところが、岡浅のお姉さんじゃなかった。知らない大人が二人。イカつい顔の男とクールな顔の女が映ってる。

「応答しても大丈夫だよ」と音尾のおじさんが後ろから声をかけた。

僕はボタンを押して「はい？」と応じる。

「埼玉県警捜査第一課の桑井《くわい》と申します」と女の方が挨拶した。「徳永明人くんでしょうか？」

「はい」

「お父さんのことで話があるんだけど、出てこられる？」

僕が後ろを振り向くと、おじさんは小さく頷く。

「今、行きます」と言って通話を切った。

「形式的な確認作業のために来たんだ。いくつもの部署が同時に動いているんだけど、それぞれが一々確認を取らなくちゃならないのがネックだ。効率の悪いルールばっかりで嫌になる」とおじさんが淡々とぼやいた。「俺は本部に連絡しなくちゃならんから、何かあったら呼んでくれ」

「はい」

僕は玄関へ行き、ドアを開けた。この男女コンビも警察手帳を見せて名乗った。キリッとした若い女性は桑井優芽《ゆめ》。体の大きな中年の男性は日向寺《ひゅうがじ》祥堯《よしたか》。

「お父さんは三週間前からうちに帰ってきてなかったよね？」と桑井刑事は訊く。

「はい」

「ついさっき、見つかったの」

「本当に？」

「ええ」

「無事なんだよね？」

「ええ。少し衰弱しているだけで、大事には至っていない」

やった！　喜んだと同時に胸の中にあった何かがほろほろと崩れていく。全身から力が抜け、涙が溢れる。

「お父さんはどこにいるの？」と涙声を隠さないで訊ねる。

「警察署。詳しい事情を訊いているの」

「それっていつ終わるの？」

「数日は」と急に歯切れが悪くなる。「智彦さんは監禁場所から逃げ出す時に、犯人と揉み合って相手を傷付けてしまって、正当防衛だとはっきりわかるまでは、警察署から出られないの」

そんな……。怪我《けが》なんて犯人の自業自得なのに……。

「犯人ってどんなヤツなの？」

「二十代の女性よ」

女を怪我させたから、正当防衛が認められないの？　女でも男でも関係ないじゃないか。悪人に変わりはない。

「ただ、智彦さんの話だと、犯人はもう一人いるらしいんだ」と日向寺刑事が付け足す。「今、共犯者の行方を捜しているんだけど、追い詰められた犯人は何をするかわからない。この家に押し入る可能性もあるから、念のために明人くんを守りに来たんだ」

「けど、もう音尾さんたちがいますよ」

万が一に備えての増援ってこと？

「おとうさん？」と日向寺刑事が聞き間違える。

僕は一字ずつ区切って「『お』『と』『お』です」と言う。でも日向寺刑事は首を捻った。

「ヒナ、何か聞いてるか？」と桑井刑事に訊ねる。

「私は何も。クマさんの方こそ、上からの指示を聞き流していませんか？」

「いや、今回はそんなことした覚えはないけどな……」と日向寺刑事は弱った顔をして考え込む。

あれ？　連絡の行き違いでも起こってるのかな？　おじさんを呼ぼうと声に出しかけた時、首にかけてたスマホが鳴りだした。

手に取って確認すると、メールだった。開いてみる。タイトルなし。本文もなし。だけど動画が添付されてたから、ファイルのアイコンをタップした。

画面にがらんとした部屋が映る。端っこにお父さんがいた。手足を縛られ、壁を背にして床に座ってる。女の人がお父さんに近付き、コップを口元に運ぼうとする。岡浅さんだった。どうしてお姉さんが？

びっくりしてたら、いきなりお父さんが頭突きを食らわせた。素早くロープを解いてぶっ倒れたお姉さんのお腹の上に跨る。振り上げた手には包丁が握られてた。

「やめて。お願い。殺さないで」とお姉さんが必死に頼む。

僕も同じ気持ちだった。お父さん、そんなことしちゃ駄目だよ。でも僕たちの願いは届かない。包丁は容赦なく振り下ろされる。何度も何度も。血が飛び散り、二人を真っ赤に染めていく。

どうしてこんなことに？　何がなんだかわからない。体がガタガタと震えだす。

「どうした？」と日向寺刑事が心配する。「何かあったのか？」

僕は無視して「音尾さん！」と大声で呼んだ。どうしよう？　お姉さんが血まみれに。お父さんが刺した。どうしてだよ、お父さん？　なんで？

マスク姿のおじさんが小走りでやって来る。

「た、大変なんだ。岡浅さんがお父さんに……」

そこまでしか言えなかった。恐ろしくて声に出せなかったから、ネックストラップを首から外してスマホを渡した。おじさんは画面に触れて動画を再生する。

なんでお父さんはあんなことを？　桑井刑事は『逃げ出す時に、犯人と揉み合って』って言ってたけど、お姉さんが誘拐事件の犯人だってこと？　どうして刑事の岡浅さんが誘拐犯なの？

本当にお姉さんが犯人だとしても、なんで殺さなくちゃいけなかったの？　ロープはいつでも解けるようになってたんでしょ。包丁で威嚇しながら逃げ出せばいいじゃん。隙を突いて女の人を刃物で襲うなんて、悪者のすることだ。

悪いことをするのは犯人の方なのに、どうして逆になってた？　なんでか、『逆転の発想』っていう言葉がふっと頭に浮かんだ。でもすぐに消えた。たくさんの疑問に掻き消された。

どうなってるのか全く理解できないけど、命乞いするお姉さんを無慈悲に包丁で刺すなんて、どんな理由があっても納得できないよ。監禁されてる時にひどい目にあわされたのなら、警察に罰を与えてもらえばよかったじゃん。やり返す必要なんてないし、やりすぎだよ。ちっとも正当防衛なんかじゃない。桑井刑事は嘘をついてた。お父さんは殺人犯として捕まったんだ。

お父さんのことがすごく遠くに感じる。もう家に戻ってこないって死を覚悟した時よりも遠い。今じゃ、戻ってくるのが怖い。もうお父さんの目を見られない。動画の中の男は怪物みたいに恐ろしかった。いつも優しかったのが嘘のよう。

動画の方が嘘であってほしい。やっぱり、信じられない。悪い夢じゃないの？　じゃなければ、芝居であって。二人が台本通りに演技してただけなら、どんなにいいことか……。

ちょっと、待って。本当に芝居だったんじゃ？　思い返してみれば、なんとなくお父さんもお姉さんも動作がぎこちなかった。ライチェルの実録ドラマに出てた役者のようなたどたどしさがあった。

芝居だったからカメラのまん前で揉み合ったのかも。防犯カメラみたいに斜め上からのアングルだったけど、二人とも顔がはっきりと映る位置にいた。たまたまだとしたら、出来すぎのような気がする。

もしかして僕をドッキリにかけようとした？　二人はグル？　きっとそうだ。サプライズ動画なんだ。包丁はおもちゃで、飛び散った血も偽物だ。

でも、二人の表情は演技っぽくなかった。お姉さんの苦痛に歪んだ顔も、お父さんの生気の抜けた顔も、強烈なリアリティーを放ってた。作り物には思えない。

やっぱり、本当に起こったことなのかも。二人が協力して僕を悪質なドッキリにかける理由なんて考えつかない。どっちにも、僕にもなんのメリットもない。

でも、あのぎこちない動作はなんだったんだ？　お父さんは頭突きしてから馬乗りになるまでの動きがもっさりしてたし、お姉さんも床に倒れたあとすぐに起き上がらなかった。お腹の上に乗っかられる時も、激しく抵抗してるようには見えなかった。

お父さんは包丁を振り下ろす時も、もたもたしてた。ためらったのか、すぐには刺さなかった。包丁をプルプル震わせてた。その間もお姉さんはジタバタしなかった。叫び声も上げなかった。見ようによっては『お姉さんは刺されるのを待ってる』っていうふうに見えなくもないかも……。

ひょっとして『私を殺して』ってお父さんに頼んでたの？　まさか、あり得ないよ。なんでお姉さんが死にたがるんだ？　それに、もし死ななければいけない理由があったとしても、自殺すればいいだけだ。お父さんに頼むわけがない。

父親が残忍な人殺しになったら、子供がひどく悲しんだり嫌悪したりすることくらいお姉さんなら想像できる。僕とお父さんの関係を壊すような真似はしない。そんなことをする理由がお姉さんにはない。

お父さんだって引き受けるわけがない。どんなに頼まれたって、いくら大金を積まれたってお姉さんを刺すもんか。いつだって子供のことを一番に想ってたんだから、僕が失望するようなことはしない。自殺の手伝いなんかするはずがない。

でも、と頭を柔らかくして考えてみる。もしお父さんが進んで手伝うことがあるとしたら、僕のことを嫌いになった時だ。嫌いな人に嫌われても気にしない。むしろ、嫌われた方が清々する。僕に愛想を尽かされたいなら、お姉さんの望み通りに刺すこともあり得る。

やっぱり、あり得ない。僕を嫌う理由も僕に嫌われたい理由も、どこにも見当たらない。ウザいほど僕を溺愛してたお父さんが自分で親子の仲を引き裂くもんか。

おじさんが僕にスマホを返すまでの間、色んな考えが頭の中を駆け回った。『でも』と思っても、すぐに『やっぱり』に代わる。また『でも』がやって来て、次の瞬間には『やっぱり』になる。ずっとグルグルしてる。

「予定していた時間になっても帰ってこないから、胸騒ぎがしていたんだ」とおじさんは重々しい声で言う。

途端にグルグルが止まり、動画の中の出来事が紛れもない事実になった。

「どうしてこんなことに？」

「俺たちが悪いんだ。自分たちのために多くの人を不必要に傷付けた。だから何が起こっても受け入れなくちゃならない」

「失礼ですが」と桑井刑事が割って入ってきた。「あなたは徳永家とどういったご関係なんですか？」

おじさんも訪問者を相手にしないで僕との会話を続ける。

「あの実録ドラマ、アメリカのガソリンスタンドじゃなくて、日本の公園で起こった事件をベースにしていたんだけど、誘拐された子を見つけるところまでがあの夫婦の実話なんだ。あとのシーンは、他の被害者の体験談を寄せ集めたものだった。しかも、本当は痣じゃなくて」と言って右手の人差し指で僕の顎を突っついた。「ここに黒子《ほくろ》がある男の子を十年かけて捜した。見つけられたのは本当に奇跡だ」

えっ？　えっ？　どういうこと？　ライチェルには僕と同じところに黒子があった

の？　外国人じゃなくて日本人夫婦の実話だった？　おじさんはまるで自分のことのように『本当に奇跡だ』って言った。おじさんをモデルにしてるの？　ライチェルはチカちゃんってこと？　チカちゃんは男の子？

けど、ライチェルの父親はタクシーの運転手なんじゃ？　おじさんは刑事だ。本当は刑事じゃないの？　あの警察手帳は偽物？　『音尾陽吉』って名前も嘘？

じゃ、やっぱりお姉さんも刑事じゃないの？　『岡浅望々花』も偽名？　ひょっとしてお姉さんがライチェルの母親なの？　守れなかったものってチカちゃん？

「明人くん」と桑井刑事が今度は僕に訊ねる。「その人は誰なの？」

何が嘘で、何が本当なのか？　色んなことがごちゃごちゃになってて、わけがわからない。誰が正しくて、誰が悪いのかも。

だけど一つだけぼんやりとわかったことがある。チカちゃんは『リキ』だ。どう組み合わさってその答えが出てきたのか説明できないけど、はっきりと感じたんだ。ぼやけてても確かな手触りがあった。

「この人は」と僕は声を絞り出して言う。「僕のお父さんです」

本当のお父さんがマスクを外して僕に微笑みかける。ううん、違うかも。悲しんでるようにも見える。目にうっすらと光るものがあった。

どういう感情のこもった涙なのかわからない。けど、お父さんの目に宿った光からほのかな温かみが感じ取れた。僕に残された最後の光だ。僕の全身を包み込むほどの輝きはないけど、一筋の明かりが僕の真っ暗な心に射し込んだ。

「ヒナ！」と日向寺刑事が声を張り上げた。「こいつは悪戯電話の被疑者だ」

言い終わる前から桑井刑事は動き出してた。さっと僕を抱きかかえる。日向寺刑事は素早く土足で上がり、お父さんに体当たりした。腕を捩《ね》じ上げながらお父さんの背中に回り、壁に押しつける。

「やめてよ！　僕のお父さんなんだよ！」と必死に訴える。でも桑井刑事が遠ざけようとする。ドアを開け、僕を外へ連れ出した。

「お父さん！　お父さん！」

力いっぱい叫んでも桑井刑事はスピードを全然緩めない。どんどん家から離れる。どんどんドアが小さくなる。ドアがゆっくりと閉まっていく。視界がぼやけていく中で、僕とお父さんをつないでる世界がみるみる細くなっていった。

エピローグ

路上で田村《たむら》夫婦に拉致された徳永智彦は賃貸の一戸建てに監禁されていた。手足を縄で縛られ、身動きが取れない。声も出せない。猿轡が解かれるのは一日一度の食事の時だけ。

心身ともに衰弱していったが、智彦は縄を解こうと足掻き続けた。手首を擦り傷だらけにしながらも、三週間かけて右手を縄から引き抜いた。足の縄も解き、夫婦が出かけている隙に武器になるものを探した。

すぐに逃げ出そうとしなかったのは、夫婦に『明人』と名付けた子供を奪われたくなかったからだ。この手で始末するしかない。殺意を滾《たぎ》らせてキッチンから包丁を持ち出し、縄を手足に緩く巻いて夫婦の帰りを待った。

田村望々花は一人でアジトに戻ってくると、智彦に無警戒に近付く。後ろ手に縛られている振りをして包丁を隠し持っているとは露知らず。猿轡を外して水を飲ませようとする。

コップに口がつく寸前、智彦は望々花の顔面を目掛けて頭を突き出した。彼女が倒れるや否やさっと縄を解いて馬乗りになる。そして切実な命乞いを無視して包丁を振り下ろした。首元から鮮血が噴き出す。

返り血を浴びるごとに智彦の心に罪の意識が伸し掛かってきた。ハッと我に返り、望々花のポケットをまさぐる。スマホを取り出し、一一〇番に電話した。

「男女二人組に三週間くらい監禁されていました。女の方は自分が殺したけど、男はどこにいるかわかりません。うちの子供が狙われているかもしれないんです」

智彦が通報していた頃、俺とヒナは徳永家の近くで聞き込みを行っていた。子供が行方不明になった家々に悪戯電話をかけた愉快犯を捜していた。防犯カメラやドライブレコーダーの映像から被疑者は一人の男に絞り込まれた。目撃情報の精査により、その近辺に潜伏している見込みが高かった。

そいつは日野家から二キロほどのところにある公衆電話の付近にも出没していた。その電話から日野家の誘拐事件は始まった。啓太くんと亜乃ちゃんの誘拐に関与している可能性がある。捜査を攪乱させるためにあちこちの家に心ない電話をかけたのかもしれない。

この推理が外れてしまうと、日野家の事件は暗礁に乗り上げかねない。誘拐犯に結びつく手掛かりは次々に途切れていっている。藁にも縋るような思いで聞き込みを続けている最中に、署から連絡が入ったのだった。

「四十代男性が三週間ほど監禁されていた。犯人は被害者の子供も襲うおそれがある。至急自宅へ保護しに向かってくれ」

一刻を争う事態だから自宅の近くにいた俺たちに命令が下ったのだ。犯人は成人男性を拉致監禁する凶悪犯。すでに子供も連れ去られていてもおかしくない。

徳永家に駆けつけ、ヒナがインターホンのボタンを押す。どうか子供が出てくれ、と俺は願いながら応答を待った。スピーカーから男の子の声が発せられると、安堵の溜息を吐く。無事でよかった。

あの時の俺は家に拉致監禁の犯人がいて、子供に応答の指示を出しているとは想像だにしていなかった。子供のことも標的にしているなら、父親と同様に足が付かない場所に連れ去るのがセオリーだからだ。

徳永家に監禁していたら、明人くんの無断欠席を心配した先生や智彦の同僚から相談を受けた警官が訪ねてくるリスクがある。不測の事態だって起きかねない。犯人にとってデメリットだらけだ。

まさか三週間も子供と一緒に徳永家で暮らしていたなんて。それも、悪戯電話の愉快犯と同一犯とは、いったい誰が想像できようか？

刑事と偽って徳永家に上がり込んでいた男は従順に取り調べに応じた。田村陽吉と名乗り、「十年前に起きた愛知乳児誘拐事件で行方不明になった力輝《りき》の父親です」と素性を明かした。

彼は妻の望々花とともに息子を捜し続けた。夫婦でタクシーの運転手になり、利用客に顎に黒子のある子の情報提供を呼びかけた。小学校を訪ね回ったり、SNS上で架空の誕生日を祝われている力輝くんの画像を探したりもした。

それらの地道な取り組みは昨年の九月に報われる。黒子の位置と面影が該当する子供の画像が見つかった。投稿者は力輝くんと思《おぼ》しき子の叔母。興信所を使って叔母の素性と家族関係を調べてみると、兄と甥《おい》の繋がりが不透明だった。

田村夫婦は我が子であることを確信して歓喜した。しかし力輝くんの発見が終着点ではなかった。誘拐事件について勉強を重ねてきたから、子供が育ての親との絆《きずな》を尊ぶことを危惧したのだ。誘拐の罪に目を瞑って慕い続けるケースは少なくない。

智彦を警察に突き出すだけじゃ田村家に平穏は訪れない。力輝くんの心を取り戻さないことには、悲劇はいつまでも続く。どうにかして育ての親から気持ちを完全に離さないと。そう考えた夫婦は綿密に作戦を練った。

先ずは、被害者の会の名簿を使って「お宅の子供を預かっている。無事に返してほしければ身代金を用意しろ」などと悪戯電話をかけまくった。警察に特定されないようあちこちの公衆電話を使い、ボイスチェンジャーで声を変えた。

次に、知り合いのテレビマンに頼んで会見を開いた。自分たちも悪戯電話の被害に遭ったように工作し、陽吉は大袈裟《おおげさ》に憤りながら愉快犯に怒りをぶつけ、望々花は赤ちゃんを攫った誘拐犯に向けて涙声で「私たちの子を返してください！」と絶叫した。

自作自演のパフォーマンスは世間の注目を集めることが目的だった。巷で話題になれば、力輝くんの目にも触れる。子供はテレビの影響を受けやすい。誘拐事件が被害者の家族を何年も何年も苦しめる残酷な犯罪である、という認識を刷り込みたかったのだ。

力輝くんがさほど関心を示さないことも想定した。その場合は、徳永家に潜入した時にそれとなく会見の動画を見せて説き聞かせる。刑事の振りをして徳永家に上がり込むことは計画の中核だった。だから会見は顔出しと実名報道をNGにした。

田村夫婦が智彦を拉致監禁したのも、誘拐が極悪非道な犯罪であることを力輝くんにわかってもらうためだ。家族を攫われる苦しみを身を以て知れば、誘拐犯に激しい憎悪を抱かざるを得ない。

そして偽刑事になって我が子に近付き、言葉巧みに誘導する。被害者の苦悩を教え諭したり、犯人への憎しみを焚《た》きつけたり。寝食をともにしながら少しずつ心を解きほぐし、段階を踏んで両親の想いを吹き込んでいった。

望々花は家族の帰りを待つ被害者の動画を見せて「犯人を恨むの」と背中を押し、陽吉は『チカちゃん』という偽名を使った身の上話で同情心を煽った。その偽名は『力』の訓読みから来ている。『力輝』から一字とったのだ。

映像制作会社に依頼して作った動画を「アメリカの実録ドラマだ」と偽って力輝くんに見せたりもした。本当は自分たちをモデルにしていたが、そのことを勘付かれないよう登場人物や舞台の設定を少し変えた。

田村夫婦が最も懸念していたのは、息子が智彦に愛想を尽かす前に『ひょっとして実の親子なのかも』と気付かれることだった。誘拐事件の被害者の気持ちを余すところなく理解し、犯人に果てしない憎悪を向けるまではバレてはならない。でないと、智彦への未練が残ってしまう。

実の親子であることをひた隠しにする一方で、ライターの暗示方法をでっちあげて『リキ』と呼んだり、さん付けを強要したりした。『音尾』『岡浅』の偽名に『さん』を付けて呼ぶと、『お父さん』『お母さん』に聞こえる。田村夫婦は家族のように呼び合いたかったのだ。

日に日に息子への愛情が深まっていく。離れがたく、いつまでもこの生活を続けていたい。でももう機は熟した。両親の想いは力輝くんの隅々に浸透しているので、智彦を連れて警察に出頭する頃合いだった。

今日だけは、明日こそは、と先延ばしにしていたら、俺とヒナが訪ねてきた。陽吉は『妻がへまをして警察に捕まったんだ』と思い、潔く観念して力輝くんに訪問者の応対を任せた。その間にアジトの隠しカメラの映像をスマホで確認する。

最初のうちはこまめに智彦の様子をチェックしていたが、徐々に警戒心が薄れてなおざりになっていった。特にこれと言った動きがなかったからだ。監禁して二週間が経った頃には、すっかり確認を怠っていた。

スマホの画面に望々花が殺害される映像が流れると、その動画を力輝くんの首にかかっていたスマホに送信した。妻を失った激情に駆られ、智彦の残虐な本性を報せずにはいられなかったのだ。

取調室では興奮が静まり、陽吉は「力輝に悪いことをした。徒らにショックを与えるべきじゃなかった」と後悔していた。育ての親が生みの親を殺したのだから、子供が受けた精神的ダメージは計り知れない。心が粉微塵《こなみじん》になったとしても不思議じゃない。

今、力輝くんは心の治療を受けている。事件についてぽつりぽつり話すようになったものの、智彦のことは一言も口にしない。陽吉については心配する言葉が出てくる。田村夫婦の計画は最後の最後で大きな狂いが生じたが、望々花の死によって力輝くんの心は完全に智彦から離れたのだった。

「皮肉なもんだな」と俺は言いつつパックジュースにストローを突き刺す。「子供を取り戻すことができたのに、もう二度と家族三人で食卓を囲めないなんて」

ヒナが勢いよくクラクションを鳴らす。目の前を二人乗りの自転車が通ったからだ。以前にも、信号待ちの最中に見た高校生カップルだ。

「望々花さんが殺害されていなければ、力輝くんは育ての親に未練を残した可能性があります。あの決定打があったからこそ、ばっさりと智彦さんとの繋がりを断てたんじゃないでしょうか？」

「確かに、『怪我の功名』っぽい側面はあるよな」

「そう思わせて『肉を切らせて骨を断つ』という作戦だったのかもしれませんよ」

信号が青色を灯《とも》すと、ヒナはアクセルを踏み込む。車は滑らかに動き出す。

「奥さんが死ぬことも計画通りってことか？　んな馬鹿な？」

「智彦さんが『明人を奪われないよう田村夫婦を殺すしかない』と決断しておきなが

ら、望々花さんを殺害した途端に改心するのは中途半端です。また、陽吉さんも『帰ってこないから、胸騒ぎがしていたんだ』と奥さんのことを心配していたのなら、一度くらいはスマホで隠しカメラの映像を確認するものです。二人は口裏を合わせた供述をしていると思われます」

「智彦は『罪悪感がどっと押し寄せてきた』で、旦那さんは『うっかり確認し忘れた』で片付けられる」

「あの日、陽吉さんは風邪気味という理由からマスクを着けていたんですが、玄関で急に外しました。どうしてなんの脈絡もなく顔を晒したのでしょうか？」

思い返してみると、違和感を覚える行為だ。マスクを取るようなシチュエーションではなかった。鼻と口元が隠れたままだったら、俺たちは悪戯電話の愉快犯であることに気付け……。

「ひょっとして、俺たちに確保されるために外したのか？」

「おそらく私たちは親子の絆を太くするための演出に一役買わされたんだと思います。警察に無理やり引き裂かれることで、力輝くんを感傷的にさせる効果が生じます。私たちを出しに使って『本当のお父さんと一緒にいたい！』という気持ちを強めたんです」

智彦が奥さんを殺害後に通報することも予定通りなら、旦那さんは警官の訪問に備えることができる。すでに警察は防犯カメラやドライブレコーダーの映像から悪戯電話の愉快犯を特定しているかも、と考えて念のためにマスクで顔を隠したのか。

マスクを外すのは、息子の顎を触って『ここに黒子がある男の子を十年かけて捜した』と明かしたあと。真相を伝えてからじゃないと、確保される場面で力輝くんの感情は昂《たかぶ》らない。

当然、訪ねてくる警官が悪戯電話の愉快犯の顔を知らないケースも想定していたはずだ。その場合は、『徳永智彦を拉致監禁した二人組の片割れは自分です』と自白するつもりだったのだろう。

「けど、旦那さんは息苦しくなってマスクを外しただけって可能性もあるぞ」

「ええ。共謀説はあくまでも仮説の一つです。明確な証拠は何もありませんし、私たちが担当している案件ではないので忘れてください。雑談ついでに話したまでです」

「今更そう言われても、気になるだろ。実際のところ、どうなんだ？　誘拐犯と攫われた子の両親が手を結ぶって、やっぱり無理があるように思える」

「警察を出し抜こうとするには、無理を通すしかありません。誰もが『無理がある』と思うところにこそ未解決事件の謎を解く鍵があるんです」

ヒナの声に張り詰めたものを感じた。きっと彼女の過去に起因している。密かにヒナの経歴を調べてみたら、十年前に彼女のクラスメイトが誘拐事件で亡くなっていた。

埼玉小六女児殺害事件。旧友の無念を晴らすために刑事になったのか？

「俺には智彦が田村夫婦に協力する理由がどうしてもわからん。『手を貸せば警察に突き出さないでやる』っていう取り引きがあったんなら納得できる。でも智彦は殺人を犯して更に罪が重くなった。死刑になってもおかしくない。なんのメリットがあって共謀したんだ？」

「クマさんは犯罪を憎む気持ちが強いから、事件の性質によっては視野が狭くなることがあります。犯人の多くは利己的な衝動を抑えられなかった罪深い人たちですが、中には『自分の大切な人を守りたい』という欲求に衝《つ》き動かされた罪人もいるんです。そういう人は保身には走りません」

「つまり、智彦は力輝くんを守ろうとして共謀したのか？」

「智彦さんは子煩悩だったそうです。誘拐犯でも子を想う気持ちは田村夫婦に負けていなかったのかもしれません。子の幸せを一番に考えられる人だったら、『明人は育ての親のことは忘れて生みの親と暮らす方が幸せだ』に思い至れます。贖罪の気持ちもあったのなら、夫婦に協力しないわけにはいかないでしょう」

「利害は一致していても、人を殺すんだぞ。かなりの抵抗があるだろ」と俺は言ってストローに口をつける。

無作法な音を立てないようゆっくりと野菜ジュースを吸い上げる。

「十年も警察に追われながら赤の他人の子供を育てるよりは、ずっと簡単ですよ。嘱託殺人なんですし」

「そうは言っても、殺される方だって相当な覚悟が必要だ。そもそも、死んだらなんにもならない。自分の命を犠牲にして我が子を取り戻せても、家族三人で幸せを分かち合えないんじゃ虚しくないか？」

「望々花さんには何か負い目があったんじゃないでしょうか？　彼女は育児ノイローゼに悩んでいたらしいです。しばしば赤ちゃんが尋常ではない泣き声を上げていたので、近所では虐待の噂《うわさ》が広まっていました」

「育児に疲れきっていたのなら、当時の奥さんの証言は当てにならないな」

「ええ。公園のトイレで力輝くんを攫われた時、望々花さんは足を負傷して犯人を追えなかったそうです。でも魔が差して『このまま赤ちゃんがいなくなればいいのに』と考えたのかもしれません」

本当にそうだとしたら、彼女は重い十字架を背負い続けてきたことになる。今回の計画は罪滅ぼしをする一世一代の好機だったのか。それで、旦那さんじゃなくて奥さんが人柱になった。

「もしかしたら智彦は赤ちゃんが虐待されているところに偶然居合わせたのかもな。警官時代の同僚はみんな『正義感が強くてクソ真面目な奴だった』って言ってた。周囲の評判なんて当てにならないことが多いけど、今の職場でも近所でも悪い話は出てこないらしいな」

「赤ちゃんを守ろうとして連れ去ったのなら、益々やりきれない事件ですね」

「他に方法はなかったのかな？　智彦も田村夫婦も力輝くんを愛していたんだから、誰も殺さずに、誰も死なずに丸く収める方法はあったんじゃないか？」

「他の選択肢もあったと思いますが、田村夫婦は確実性をとったんです。息子の心から徳永明人を完璧に排除しないことには、力輝は幸せな人生を歩めない。そう信じて嘱託殺人を断行したのでしょう」

　智彦への未練が僅かでも残れば、力輝くんは過去に囚われてしまう。どうすれば徳永明人と田村力輝を切り離せるのか？　そのことだけを考えに考え尽くし、ただただ我が子の幸せを願って辿り着いたのが嘱託殺人だった。

　父親だと思っていた人が利己心から本当の親を殺す。命乞いに耳を貸さない凶行を見たら、力輝くんが智彦に抱いていた思慕の念は音を立てて崩れ落ちる。修復は不可能だ。多大な犠牲は払うものの確実に徳永家との繋がりを断てる。

「力輝くんにとっては、これでよかったんだな」

「ええ。ショックは甚大でしょうが、育ての親と生みの親との間で揺れ動くことはありません。田村家の子供として生きていけます。長い目で見れば、力輝くんのことを考えた一番いい手段だったんです」

「ただ、あくまでも仮説なんだろ？」

運悪く前の車が線路内に入ったところで踏切の警報機が鳴り始める。ヒナが少しだけ顔を顰《しか》めてブレーキを踏んだ。遮断機の棒が降りてくる。

「はい。仮説の一つに過ぎません」

「田村夫婦の事件の担当じゃなくてよかったよ。担当だったらヒナの仮説も検証しなくちゃならなかったし、実証された時は苦渋の決断が待っている」

「意外とクマさんはシビアですよね。人情刑事っぽいのに情けをかけて見逃すことはない」

「どんな事情があっても罪は罪だ。きっちり罰しないと次の罪が生まれる。触発された人が犯罪に走ることもある。智彦のように」

十年前、智彦は犯行当日の朝に埼玉小六女児殺害事件のニュースをテレビで観ていた。取り調べで『あのニュースが頭の隅にあったせいかも』と誘拐の動機を語った。

犯人が逮捕されない事件は市民に不安を与えると同時に、世の中に『捕まらないなら自分もやってみようかな』という邪《よこしま》な考えが広まる。悪が悪を生み出してしまうのだ。

「犯罪は連鎖するんですね」

「ああ。悪は弱い心に入り込むんだ」と言ってから何気ない調子で訊く。「そういえば、埼玉小六女児殺害事件が起きたダムってヒナの地元の近くだったよな？」

「ダム湖で亡くなった子と同じクラスでした」

あっさりと過去を打ち明けるのは予想外だった。俺への信頼感が育まれてきているからか？　それとも俺がすでに裏を取っていることに勘付き、先手を打ったのか？　下手に隠すと余計に探られる、と懸念して表層的な部分だけ明かしたのかもしれない。

ヒナにとってはいらぬお節介でしかないのだろうが、彼女のことが心配でならない。なんでもかんでも一人で抱え込もうとしている姿が痛々しい。もう足元がふらついているじゃないか。このままだと重みに耐えきれなくて押し潰されてしまう。

「あの事件を解決するために刑事になったのか？」

「十年前に私がさっとダム湖の事件を解決していれば、力輝くんが誘拐されることも、田村夫婦が嘱託殺人を実行することも、日野家が不幸に見舞われることもなかったんですね」

言われてみると、埼玉小六女児殺害事件が諸悪の根源のように思える。四つの事件が数奇な繋がりで一つの線になっている。

ダム湖にヒナのクラスメイトが浮かばなければ、智彦は触発されずに力輝くんを攫わなかった。息子を誘拐されていなかったら、田村夫婦は日野家に悪戯電話をしなかった。悪戯電話がかかってこなければ、日野家を狙う誘拐犯は現れなかった。

何か運命めいたものを感じるが、ヒナの返答はおかしかった。普段は理路整然とした受け答えをするのに、俺の質問への答えになっていなかった。やはり彼女はダム湖の事件になんらかの関わりがあるのだろう。

「そうだけど、小六の子供じゃ無理だろ」

「そうですね」と言いながら眼前を通過する電車をまっすぐに見つめる。「子供には無理がありますね」

恐ろしいほど空虚な目をしていた。彼女の瞳には何も映らないのかもしれない。ふと、さっきヒナが言った『警察を出し抜こうとするには、無理を通すしかありません』が頭を過る。

「あの」と急にこっちを向く。「顔に何かついていますか?」

「あー、目の下が隈っぽい感じがしたから、ちゃんと寝ているのかなって」

凝視していた理由をなんとか取り繕った。

「ぐっすり寝ている場合ですか。まだ日野家の事件は解決していないんですよ」

「わかってるよ。けど、体が資本だ。あまり無茶すんな」

「ご心配には及びません。ですが、お喋りが過ぎました。すみません。他所の事件のことを気にしている場合ではなかったですね」

「いや、話を振ったのは俺の方だからヒナが謝ることじゃない」

踏切の警報機が鳴りやみ、遮断機の棒が上がっていく。彼女が「もうすぐで亜乃ちゃんの病院に着きますから、頭を切り替えましょう」と言って発車させる。

ヒナの言う通り俺たちに余所見している余裕などない。解決の糸口になると期待していた悪戯電話の愉快犯はほとんど本件と関わりがなかった。捜査は振り出しに戻り、日野令子の身辺を洗い直している。

陽吉が日野家の事件の共犯者だったら、一気に解決に向かっただろう。残念ながら犯行に加担はしていなかったけれど、彼はヒントをくれた。犯人は便乗犯に違いない。陽吉の悪戯電話に便乗して事件を起こしたのだ。日野家に脅迫の電話がかかってきたことを知っている人物は限られる。最も疑わしいのは日野令子だ。

これから病院で彼女の聴取を行う。感情を揺さぶって尻尾を出させたいが、思いのほかガードが堅い。トリッキーな質問が必要だ。どんな言葉をぶつければ口を滑らせ……。

『警察を出し抜こうとするには、無理を通すしかありません』

ついさっき過った言葉が思考を邪魔した。どういうわけか、脳裏から離れない。頭を左右に大きく振っても無駄だった。

「どうかしましたか？」とヒナが気にかける。

「いや、なんでもない」

そのうち消えるだろう。気に留めずに聴取について考えを巡らせる。だが、病院に着いても無くならなかった。頭の中心に居座っている。ヒナの言葉がいつまでもいつまでも、脳に刻印されたかのように残り続けた。

解説

友清　哲

「誘拐ほど割に合わない犯罪はない」というのは、すでに使い古された考察かもしれません。

なにしろ戦後の統計に基づけば、身代金目当ての誘拐事件の解決率はおよそ九十七％。未解決である残りの三％にしても、首尾よく身代金をゲットした犯人は皆無なのだそうですから、日本の警察は優秀です。

ターゲットの身柄を拘束し、連れ去るところまではやれたとしても、人質と引き換えに身代金を受け取るとなると、俄然、ハードルが上がるのは素人目にも明らか。あのグリコ・森永事件の発端であるグリコ社長誘拐事件（一九八四年）にしても、犯人は現金十億円と金塊百キロを要求しながら、結局それを手にすることはなかったのです（もっともこの場合、そもそも身代金目的ではなかったという説が有力ですが）。

つまり犯人側の視点に立った場合、これほどリスキーな犯罪はないわけで、ほとんど自殺行為のようなもの。それにもかかわらず、こうしてエンターテインメントの世界で「誘拐」というジャンルが一定のインパクトを保ち続けているのは、そこに相応の事情とドラマが常に寄り添っているからなのでしょう……というのが、本作『無事に返してほしければ』を一読してまず得た私的な気づきでした。

——啓太《けいた》くんを無事に返してほしければ、八千五百万円を用意しろ。

夫である拓真《たくま》の不在中、妻と娘が暮らす自宅にそんな電話をかけてきた犯人。誘拐犯としてテンプレ的なメッセージに過ぎませんが、それでもこの物語が冒頭から抜群のリーダビリティをもってかっ飛ばしてくれるのは、囚《とら》われの身であるはずの啓太くんが実は、二年半前の水難事故で死亡したと見なされていたからです。

電話の主は、もうこの世に存在しないはずの息子を、一体どうやってさらったというのか。いたずら電話の類いと考えるべきだろうと、拓真は頭の中で冷静に思考を巡らせます。

ところが、電話を受けた妻の令子《れいこ》は、そんな疑念は一切持っていない様子。むしろ、息子が生きていた喜びと、その息子が誘拐されてしまった不安、さらには息子の生存を信じようとしない夫への怒りなど、いくつもの感情が綯《な》い交ぜになって、なにやらおかしなテンションに……。

そもそも令子は最愛の息子を失ったショックで心を病んでいたため、拓真がいたずら電話の可能性を指摘しても、まるで聞く耳を持ちません。このあたりのやり取りは、抜群の緊迫感を孕《はら》みつつ、情景を想像するとどこかシュールでもあり、読み手の側に複雑な感情をもたらします。

しかし、どこか斜に構えていた読者が「あれ？」と方向転換を迫られるのは、ほどなくかかってきた犯人からの電話に起因します。

ボイスチェンジャーを使って、「八千五百万は用意できたか？」と尋ねる犯人に対し、息子の声を聞かせてほしいとせがむ令子。するとなんと、電話口の向こうから「レイちゃん、助けて」と、かつての啓太によく似た子どもの声が聞こえてくるではありませんか。おまけに母親のことを「レイちゃん」と呼ぶ習慣も、かつての息子そのもの。これは一体……？

そもそも啓太の遺体は発見されておらず、人知れず救助されていた可能性もゼロではありません。

だとすると、救助した人物が二年半の時を経て、身代金を要求してきたとも考えられるでしょう。でも……。しかし……。

こうなると、冒頭から早くも読者は軽いパニック状態。おかげでページを繰る手が止められなくなるという、著者の魔法にまんまとしてやられてしまうわけです。

思えば、白河三兎さんのそんな魔法使いぶりは、デビュー当初から際立っていました。

第四十二回メフィスト賞を受賞したデビュー作、『プールの底に眠る』（二〇〇九年）では、少年「イルカ」が高校時代に山の中で出会った少女「セミ」との思い出を、十三年後の留置場の中から回想するという設定で、どこか幻想的なストーリーを展開。思春期という、誰もが体験してきた時間を舞台装置として巧みに用い、読後に様々な後味をもたらしました。浮遊感のある独特な筆致も印象的で、個人的にも「この人はこれから、どんな世界を創り出していくのだろう？」とワクワクさせられたのを覚えています。

そして三作目の『私を知らないで』（二〇一二年）が『おすすめ文庫王国２０１３』（本の雑誌社）でオリジナル文庫大賞ベスト１に選ばれるなど、早くも評価は急上昇。こちらは転校してきた中学生の「僕」と、誰よりも美しいルックスを持ちながら、なぜかクラスで無視されている「キヨコ」との邂逅《かいこう》を描いた青春譚《たん》で、ミステリアスなキヨコの言動に読者も振り回されることしきり。デビュー作に続き、どこか切ないエンターテインメントを紡ぐ書き手として、作家・白河三兎の名はファンや文芸関係者の知るところとなります。

『総理大臣暗殺クラブ』（二〇一四年）などは、その本領をフルに発揮したキャリア半ばの快作と言えるのではないでしょうか。右派左派を問わず二度見しそうになる物々しいタイトルながら、ページを開けば、本気で首相暗殺を企てる妹を見張るために、「政治部」に入部した姉の日々を描いた連作ミステリー。白河さんは青春小説の分野で着々と足場を固めながら、いっそうの異彩を放ち始めた印象です。

そうかと思えば、『計画結婚』（二〇一七年）では、船上ウエディングを舞台に予想外の結末へ読者を誘《いざな》うミステリー的手腕を披露。こちらも連作集で、個性豊かなキャラクター設計と構成の妙で、あらためてその実力を見せつけました。

気がつけば、白河さんのキャリアはあっという間に十年を超え、あの手この手で紡がれてきた物語も全十五作。創作ペースは極めて快調で、コンスタントにその練り込まれた世界観に触れられることは、一ファンとして幸甚というほかありません。

話を本作『無事に返してほしければ』に戻します。

実はこの作品、単なる誘拐ミステリーでは終わりません。いや、一筋縄ではいかないと表現したほうが的確かもしれません。なぜなら、全四章仕立ての本作にとって、拓真・令子夫妻を突如襲ったこの不可解な誘拐劇は、全体像を構成するほんのひとつのパーツに過ぎないからです。

死んだはずの啓太を誘拐したと語る犯人はその後、時にはボイスチェンジャーを駆使し、時には無辜《むこ》の第三者をメッセンジャーに仕立て、身代金の受け渡しについての指示を伝えてきます。もちろん、一介の庶民に八千五百万円もの大金など用意できるはずがなく、夫妻は議論の末に一一〇番通報を決意。

やってきた捜査員は、大柄な中年刑事クマと、キャリア一年目の若手女刑事ヒナ。犯人からの電話連絡を手がかりに、どうにか事件を解決しようと頑張る二人ですが、犯人はなかなか尻尾を摑《つか》ませません。それどころか、自宅にいたはずの長女・亜乃《あの》までが連れ去られるという大失態を犯してしまい——。

つまりは息をつく間もなく、次から次へと事態が急転していく展開こそが、本作にかけられたリーダビリティという魔法の正体なのでしょう。

果たして、啓太は本当に生きているのか？　なぜ犯人は一家の事情にやたらと明るいのか？　そして犯人の目的は何か？　繰り返しになりますが、これらはあくまで本書を構成するほんの一要素にすぎません。

内容に触れるのはここまでに留《とど》めますが、すでにひとつの長編ミステリーを構成するのに十分なファクト量。

アイデアを一切出し惜しみすることなく投じた感のある全四章で、なるほど、今日び誘拐という割に合わない犯罪を描こうと思えば、ここまで捻《ひね》りに捻った事情を用意しなければならないのかと、思わず唸《うな》らされます。

物語の行く末は、おそらく誰にも予想することはできないでしょう。どうかエピローグまで、疾走するようにページをめくり続けてください。エピローグにたどり着く頃にはきっと、白河三兎の鬼才ぶりを、あらためて思い知らされるに違いありません。

そして蛇足ながらミステリーファンの一人としては、誘拐という古典的分野のポテンシャルがあらためて掘り起こされたことが嬉しくてなりません。白河さんのさらなる筆の行方に、要注目です。

（ともきよ　さとし／編集者・ライター）

俺はエージェント

大沢在昌

23年ぶりに極秘ミッションが発動！　フリーター青年の村井は元凄腕エージェントの白川老人と行動を共にするはめに。次々に襲いかかる敵エージェントの罠。誰が味方で誰が敵なのか!?　年齢差四十歳以上の〝迷コンビ〟が、逃げて、逃げて、巨悪を追いつめるサスペンス巨編。

本書のプロフィール

本書は、二〇一八年十月に刊行した同名の作品を加筆・改稿したものです。

小学館文庫

無事《ぶじ》に返《かえ》してほしければ

著者　白河三兎《しらかわみと》

二〇二一年二月十日　初版第一刷発行

発行人　飯田昌宏

発行所　株式会社 小学館

〒一〇一-八〇〇一
東京都千代田区一ツ橋二-三-一
電話　編集〇三-三二三〇-五九五九
販売〇三-五二八一-三五五五

印刷所――――大日本印刷株式会社

ISBN978-4-09-406877-1